인천의
꿈,
꿈꾸는
인천인

인천의 꿈, 꿈꾸는 인천인

오늘보다 나은 내일, 자녀들이 행복한 세상

초판 1쇄 발행 2023년 12월 11일

지은이. 고주룡
펴낸이. 김태영

씽크스마트 책 짓는 집
경기도 고양시 덕양구 청초로66
덕은리버워크 지식산업센터 B-1403호
전화. 02-323-5609

홈페이지. www.tsbook.co.kr
블로그. blog.naver.com/ts0651
페이스북. @official.thinksmart
인스타그램. @thinksmart.official
이메일. thinksmart@kakao.com

ISBN 978-89-6529-387-3 (03810)
© 2023 고주룡

*씽크스마트 - 더 큰 생각으로 통하는 길
'더 큰 생각으로 통하는 길' 위에서 삶의 지혜를 모아 '인문교양, 자기계발, 자녀교육, 어린이 교양·학습, 정치사회, 취미생활' 등 다양한 분야의 도서를 출간합니다. 바람직한 교육관을 세우고 나다움의 힘을 기르며, 세상에서 소외된 부분을 바라봅니다. 첫 원고부터 책의 완성까지 늘 시대를 읽는 기획으로 책을 만들어, 넓고 깊은 생각으로 세상을 살아갈 수 있는 힘을 드리고자 합니다.

*도서출판 큐 - 더 쓸모 있는 책을 만나다
도서출판 큐는 울퉁불퉁한 현실에서 만나는 다양한 질문과 고민에 답하고자 만든 실용교양 임프린트입니다. 새로운 작가와 독자를 개척하며, 변화하는 세상 속에서 책의 쓸모를 키워갑니다. 흥겹게 춤추듯 시대의 변화에 맞는 '더 쓸모 있는 책'을 만들겠습니다.

*천개의마을학교 - 대안적 삶과 교육을 지향하는 마을학교
당신은 지금 무엇을 배우고 싶나요? 살면서 나누고 배우고 익히는 취향과 경험을 팝니다. 〈천개의마을학교〉에서는 누구에게나 학습과 출판의 기회가 있습니다. 배운 것을 나누며 만들어진 결과물을 책으로 엮어 세상에 내놓습니다.

자신만의 생각이나 이야기를 펼치고 싶은 당신.
책으로 사람들에게 전하고 싶은 아이디어나 원고를 메일(thinksmart@kakao.com)로 보내주세요. 씽크스마트는 당신의 소중한 원고를 기다리고 있습니다.

인천의 꿈,

꿈꾸는 인천인

고주룡 지음

싱크스마트

인천의 꿈을 실현하기 위한 새로운 디딤돌

유정복 (인천광역시장)

세계가 인천을 주목하고 있습니다.

이제는 도시경쟁력이 국운을 좌우하는 시대입니다. 각 국 도시들은 협력과 경쟁을 통해 자국의 성장과 발전을 견인하고 있습니다. 인천은 사통팔달 하늘길과 바닷길을 앞세워 세계의 물류와 교통의 허브 도시로 자리 잡았고 첨단산업과 경제자유구역을 발판으로 초일류도시로 거듭나는 중입니다. 세계 각 도시들이 인천과 연결되고 있습니다.

인천은 대한민국이 주목하는 도시이기도 합니다.

인천은 140년 전 근대화의 물꼬를 텄고 한국전쟁 당시엔 자유의 상륙을 이끌었습니다. 이제는 세상을 오가는 통로로서 세계화에 앞장서고 있습니다. 대한민국 산업화와 경제성장을 주도해 온 도시, 인천은 대한민국의 미래라 해도 과언이 아닐 것입니다. 이같은 실체와 확신이 있었기에 인천시의 슬로건이 인천의 꿈, 대한민국의 미래인 것입니다.

인천에서 대한민국의 미래를

인천을 이해하면 대한민국의 미래를 알 수 있습니다. 때마침 출간된 <인천의 꿈, 꿈꾸는 인천인>은 왜 인천이 세계의 중심이고 대한민국의 미래인지를 명쾌하게 보여주는 책입니다. 인천이 역사적으로 지정학적으로 어떻게 발전해 왔고 그 과정에서 어떻게 성장동력을 키워왔는지 구체적이고 실증적으로 설명합니다. 또한 초일류도시로서 어떤 콘텐츠와 소프트웨어를 담고 있는지 알려 줍니다.

<인천의 꿈, 꿈꾸는 인천인>의 저자는 고주룡 전 인천시 대변인입니다. 가까이서 지켜본 그는 누구보다 인천에 대한 애정이 강했습니다. 인천의 꿈에 대한 믿음과 의지가 넘쳤고 그것을 풀어나갈 실질적이고 체계적인 아이

디어도 풍부했습니다.

그는 평생 미래를 향한 시선으로 살아왔다고 자부합니다. 그만큼 미래를 예견하고 설계하는 능력이 남다릅니다. 인천의 미래, 대한민국의 미래를 말하는 <인천의 꿈, 꿈꾸는 인천인>을 꼭 읽어보라고 추천합니다.

이 책을 다 읽고 나면 인천은 가고 싶은 곳. 살고 싶은 곳으로 다가 올 것입니다. 인천 시민은 물론이고 대한민국 국민이 함께 인천의 꿈을 꾸고 그 꿈이 실현되길 바랍니다.

인천의 꿈과 인천시민을
연결하는 소중한 가교

허식 (인천광역시의회 의장)

인천은 지금 역사의 한 획을 그을 중대한 전환점에 있습니다. 한 차원 더 높은 성장을 향한 어느 때보다 뜨거운 성공의 열망과 가능성을 느낍니다. 고주룡 전 인천시 대변인이 출간한 <인천의 꿈, 꿈꾸는 인천인>은 이와 같은 시대적 열망에 부응하는 책입니다.

윤석열 정부의 출범과 민선 8기 인천시 출범을 통해 인천은 '시민이 행복한 세계 초일류도시'라는 뚜렷한 목표를 가지고 나아가고 있습니다. 특히 인천시의회는 '함께하는 의정, 행복한 시민, 더 나은 내일'이라는 슬로건으로 시민들과 함께 소통하며 '인천의 꿈 대한민국의 미래'라는 비전을 이루기 위해 최선의 노력을 기울이고 있습니다.

  우리 인천시민이야말로 이 꿈의 주인이기에 꿈의 구체적인 내용과 진행 과정 그리고 결실까지 오롯이 인천시민이 누릴 수 있어야 한다고 생각합니다. 제가 옆에서 지켜보았을 때 고주룡 저자는 인천시 대변인을 지내며 누구보다 인천의 꿈을 잘 이해하고 체득한 사람입니다. 인천이 지금 가지고 있는 이 커다란 꿈과 위대한 비전을 이 책에 잘 담아내어 보여주고 있습니다.

한 몸처럼 꾸는 인천의 꿈

  지금이야말로 모두 합심하여 인천을 위해 일해야 할 때입니다. 인천시의회 역시 재외동포청유치 성공 등 인천시의 발전을 위해 한목소리를 내고 있습니다. 다가오는 2025 APEC 인천유치, 고등법원·해사전문법원 유치, 인천대 공공의대 설립 등을 성공시키기 위해 역할을 다하고 있습니다.

  무엇보다 시의회 본연의 견제와 감시의 본분에 충실하면서도 원도심을 다시 활성화하는 제물포르네상스와 바이오, 수소, MRO(항공정비), 반도체 등 미래를 향한 발걸음에 힘을 보탤 것입니다. 무엇보다 인천의 비전과 목표를 이해하고 공유하는 작업이 중요하다고 생각합니다.

이러한 때에 <인천의 꿈, 꿈꾸는 인천인>의 출간은 정말 시기적절하다고 생각합니다. 이 책이 인천의 꿈과 인천시민을 연결하는 가교역할을 하리라 기대합니다. 다시 한번 출간을 축하드리며 300만 인천시민과 750만 재외동포, 더 나아가 찬란하게 미래로 도약할 우리 대한민국 국민 여러분들과 함께 인천의 꿈을 생각해 봅니다.

프롤로그

오늘보다 나은 내일,
자녀들이 행복한 세상

누군가 물었다.

"언론인 30년을 한마디로 정리한다면?"

미래를 향한 시선.

사회부 기자를 시작으로 경제, 국제, 과학 등 각 분야를
두루두루 취재했고 <카메라 출동>과 같은 시사고발프로
그램에선 물불을 가리지 않았다. 9.11테러 당시엔 마침 미
국에 있었고 방송 송신이 어려운 상황에서도 어떻게든

시시각각 속보를 전했다.

　수년간 베이징특파원으로 활동하며 대륙을 종횡무진 누비기도 했다. 나의 30년 기자생활은 한결 같았다. 언제든 현장에 달려가려고 24시간 대비했고 어디든 마다하지 않고 찾아갔다.

　E.H 카는 명저 <역사란 무엇인가>에서 역사는 과거와 현재의 대화라고 했다. 나는 기자도 다르지 않다고 생각한다. 취재를 통해 과거와 현재의 대화를 하는 것이다. 취재는 보이는 것을 통해 보이지 않는 것까지 드러내고 밝혀내는 과정이다. 과거의 사실들로 현재를 재구성하는 것이다.

　나는 거기서 멈추지 않았다. 반드시 미래를 생각했다. 현재는 과거의 집합이고 미래는 현재가 만들어 가는 것이다. 내가 쫓아다닌 무수한 현재들이 더 나은 미래를 위한 발판이 되길 바랐다. 그렇다면 무엇을 해야 하고 어떻게 해야 하나. 그것을 고민했던 것이다. 나는 감히 말한다. 현재를 통해 미래를 예측하고 더 나아가 설계하는 것도 언론인의 몫이라고.

　오랜 시간 체득해 온 '미래를 향한 시선'은 이제는 지워지지 않는 각인처럼 되어 나를 지탱해주고 있다.

미래에 시선이 가 있어야 답을 찾을 수 있다. 지금은 온통 문제투성이고 골칫거리라 하더라도 미래를 향한 시선으로 살펴보면 해결책도 나오고 대안도 나온다. 더 나은 미래가 펼쳐지는 것이다.

　기자는 항상 긴장하고 마감에 쫓기고 이런저런 유무형의 압박을 견뎌내야 한다. 고난의 하루하루다. 그럼에도 언제나 즐거웠고 힘든 줄 몰랐다. 나의 수고가, 나의 '미래를 향한 시선'이 더 나은 미래를 위해 소금 알갱이만큼이라도 도움이 될 것이란 믿음 때문이었다.

　이제 나는 새로운 길을 간다. 이미 많은 게 달라졌고 더 달라질 것이다. 그래도 '미래를 향한 시선'은 달라지지 않는다. 달라질 수가 없다. 우리의 자녀, 우리의 미래, 인천의 미래, 대한민국의 미래를 위한 것이니까.

인천에서 꿈꾸다, 인천의 꿈을 꾸다

　나는 이른바 오리지널 인천사람은 아니다. 강원도 영월에서 태어났고 서울에서 자랐고 인천에서 대학을 다녔다. 이후 다시 돌아와 지금은 인천에 살고 있는 인천사람이다. 20대 격정의 시기를 인천에서 보냈고 삶이 무르익을 무렵 인천시에서 일하게 되면서 인천으로 회귀한 것이다.

누군가는 '그래봤자 당신 인천사람 아니야.' 라고 할지도 모른다. 인천에서 산 지도 얼마 되지 않았고 아직 인천에 대해 모르는 것도 많다. 그런데 꼭 인천에서 태어나 쭉 인천에서 살아온 사람만 인천 사람일까?

인천에서 태어나 타지에서 살아가는 사람, 타지 출신이지만 인천에서 사는 사람, 또는 한국에 귀화해 인천에 자리 잡은 외국인, 이들도 다 인천사람이다. 인천엔 토박이가 많은 곳도 있고 외지인이 많은 곳도 있다. 여러 조사와 연구에 따르면 인천은 전국 각지의 사람들이 골고루 모여 있는 곳이다. 외국인도 다른 지역보다 많은 편이다.

인천은 하나의 색으로 특정할 수 없는 곳이다. 다양한 색들이 무지개처럼 빛나는 도시다. 게다가 과거와 미래가 공존하는 도시이자, 한국적인 문화와 글로벌 문화가 어우러진 도시이기도 하다. 대한민국 최초 100개를 보유한 근대화의 상징같은 도시인 반면 디지털 산업과 디지털 문화로 무장한 첨단도시이고 세계로 뻗어나가는 공항과 항구가 있는 열린 도시다.

'자부심'

자기 자신 또는 자기와 관련되어 있는 것에 대하여 스스로

그 가치나 능력을 믿고 당당히 여기는 마음. (표준국어대사전)

나는 누구보다 당당히 말한다. 나는 인천사람입니다. 나한테는 인천의 피가 흐릅니다. 나는 지금 인천에 살고 있는 모든 사람들이 기꺼이 '나는 인천 사람입니다'라고 자신 있게 말하기를 소망한다. 그리고 그 말 속에 자부심이 가득하기를 꿈꾼다. 인천사람이냐, 아니냐가 중요한 게 아니라 인천사람으로서 자부심을 갖느냐, 안 갖느냐가 중요한 것이다. 나는 새내기 인천사람이다. 그렇지만 인천사람으로 자부심 하나만큼은 누구한테도 뒤지지 않을 것이다. 나는 왜 인천에, 인천사람으로서 자부심을 갖는가. 내가 이 책에서 말하고 싶은 모든 것이다.

인천 사람 고주룡의 꿈은 무엇인가?

꿈은 곧 그 사람이 누구인가를 말해주는 정체성이다. 이력서가 지나온 발자취를 증명한다면 꿈은 그 사람이 어디로 나아갈지 보여주는 청사진이다. 인생의 갈림길마다 꿈이 선택의 기준이 된다. 어떤 꿈을 꾸는가에 따라 선택이 달라지고 결과물이 달라지지 않겠는가.

그렇지만 나는 더 이상 나를 위한 꿈은 꾸고 싶지 않다. 어릴 적부터 기자를 꿈꾸고 30년 넘게 언론인의 사명을 다하고 퇴직을 한 내가, 또 다시 나를 위한 꿈을 꿀 이유는 없다. 나를 위한 꿈이라면 이미 이루었다. 60년 동안 나를 위해 살았으니 이제는 나의 꿈을 이루게 해 준 대한민국을 위해서 살고 싶다. 이제 나의 꿈은 곧 인천의 꿈이다. 그렇다면 인천의 꿈은 무엇일까? 나는 어떻게 인천의 꿈에 도전하고 이뤄낼 수 있을까?

다시 인천에서 살고 인천시에서 일하다 보니 인천의 꿈을 조금씩이지만 선명하게 깨닫게 되었다. 그러면서 점차로 확신과 흥분감이 들었다. 인천의 꿈이 분명히 존재한다는 확신이었고, 인천의 꿈을 찾을 수 있겠다는 흥분이었다. 인천을 더 알고 싶었고, 인천 시민들과 함께 인천의 꿈을 이루고 싶어졌다.

인천의 역사, 인천이 가진 유무형의 자산과 가치, 인천만의 고유한 특성과 인천이기 때문에 볼 수 있는 미래 비전에 이르기까지. 이미 인천엔 꿈이 이루어질 가능성과 잠재력이 무궁무진하다. 물론 인천에도 당장 해결해야 할 현안 과제들이 산적해 있지만 '미래를 향한 시선'으로 본다면 얼마든지 길은 있다. 문제에 압도당하지 않고 해낼 수 있다는 확신과 의지가 필요하다.

인천은 할 수 있다. 역사의 수많은 부침(浮沈)에도 불구하고 인천은 늘 위기를 극복하고 성취를 이뤄왔다. 오늘날 우리가 살아가는 인천은 켜켜이 쌓인 극복과 성취의

결과물이다. 나는 인천을 다시 들여다보며 인천이 가진 자랑스러운 역사와 세대를 걸쳐 이어져 온 소중한 꿈을 알게 되었다.

　<인천의 꿈, 꿈꾸는 인천인>은 지역예찬론이 아니다. 실현 가능한 미래에 대한 이야기다. 여기는 인천이다. 우리는 인천사람이다. 라고 당당히 말할 수 있는 자부심에 대한 이야기다.

목 차

01

국제
도시의
꿈
: 미추홀과
해상왕국

'닫혀있는가, 열려 있는가?'

인천은 열려 있어야 한다.
열린 꿈을 꾸어야 한다.
세계를 향해 열려 있어야 한다.
그래서 인천에 서면
온 세계가 보여야 한다.

런던, 암스테르담, 스톡홀름, 오슬로 그리고 리스본, 웰링턴, 부에노스아이레스, 도쿄, 자카르타, 싱가포르. 우리에게 익숙한 이 도시들은 하나 같이 한 나라의 수도다. 동시에 하나 같이 항구도시다.

지구의 70%가 바다다. 인류는 바다를 적극적으로 개척하고 활용하면서 문명을 만들어 왔다. 세계적인 도시들 중 상당수가 바다와 접해 있거나 가깝다. 서울도 바다에서 불과 수십 킬로미터 떨어져 있고 한강으로 이어져 있다.

우리나라는 삼면이 바다로 둘러싸여 있다. 반도다. 여기서 한 가지 상상을 해본다. 만약 인천이 고대부터 한반도의 수도였다면 우리의 역사는 어떻게 됐을까? '인천이 세계의 길목이 되고 한반도는 대륙을 호령한다' 부질없는 공상일까? 그런데 지금 돌아보면 한반도는 어떨지 몰라도 인천은 충분히 그러했을 것이다. 아니 지금 그러하다.

비류의 꿈 :
바다의 도시

기원전 18년 소서노의 아들 비류가 나라를 세웠다. 도읍의 이름은 미추홀이었다. 학자들은 그 위치를 지금의 문학산 기슭으로 추정한다.

'비류는 왜 미추홀에 나라를 세웠을까?'

백제 건국 설화를 생각할 때마다 드는 생각이 있다. 건국 설화는 모든 게 다 완벽한데 백제의 설화는 완벽에서 좀 비껴나 있다. 단군, 주몽, 김수로, 박혁거세가 만든 나라의 터와 달리 비류가 세운 백제의 터는 미완이다. 미추홀은 땅이 습하고 물이 짜서 사람들이 편히 살지 못했다고 한다. 그런데 왜 백제는 도읍지를 미추홀로 정했을까?

역사에는 비류가 죽은 뒤 그를 따르던 무리가 위례성으로 합류했고, 온조는 나라 이름을 십제에서 백제로 고쳤다고 기록돼 있다. (김부식,《삼국사기》,〈백제본기〉제1) 비록 비류는 꿈을 다 이루지 못 했지만 그의 꿈 덕분에 인천(미추홀)은 역사에 등장한다.

비류가 강가가 아닌 바닷가에 도읍을 정한 이유는 해외로 나갈 수 있는 해상교역로와 풍부한 소금을 얻을 수 있는 지리적 이유 때문으로 보인다. 바다와 한강 유역을 갖고 있는 백제는 초기부터 빠르게 성장했다. 바닷길을 통해 중국의 남조와 교류했고 삼국 중에서 가장 빠른 4

세기에 전성기를 맞았다. 고구려와 같은 무렵에 불교를 받아들이고 국가의 체계를 갖췄다.

중국과 일본은 물론이고, 동남아시아까지 교류했다. (문만식, <백제의 동아시아 해상교통로와 기항지>, 사학연구 제119호. 2015.9) 삼국 중에서 가장 활발한 해상활동을 펼쳤던 백제이니만큼 당시 비류의 꿈은 이뤄졌다. 아니 비류의 꿈은 지금도 진행형이다. 비류가 선택했던 인천은 지금도 꿈을 꾸고 있다. 세계 초일류 도시, 세계 10대 도시로 성장하는 꿈을 꾸고 있다.

개방성이
가능성을 만든다

'인천의 꿈'은 역사적으로나 지정학적으로 현실적으로 얼마든지 가능하다.

인천은 개방성을 지난 도시다. 비류의 꿈도 세상을 향해 열려 있는 바다에서 시작됐다. 바다는 육지와 달리 막히거나 끊기지 않고 열려 있다. 끝도 한도 없이 펼쳐지는 수평선은 도전의지를 자극한다. 바다에 접한 도시는 태생적으로 개방성을 가질 수밖에 없다.

헤밍웨이의 명작 《노인과 바다》에는 다음과 같은 구절이 나온다.

노인의 모든 것이 늙거나 낡아 있었다. 하지만 두 눈만은 그렇지 않았다. 바다와 똑같은 빛깔의 파란 두 눈은 여전히 생기와 불굴의 의지로 빛나고 있었다.(p.10, 어니스트 헤밍웨이, 《노인과 바다》, 문학동네, 2012.)

노인은 평생을 바다에서 살았다. 일생을 바다에서 보냈다면 노후엔 더 이상 바다에 나가지 않아도 될 터인데 노인은 늙음과 낡음을 안고 바다로 나간다. 84일 동안 아무것도 잡지 못한 노인은 85일 만에 극심한 고통을 겪으며 청새치를 잡았다. 배에 싣지 못할 정도로 커서 배 옆에 붙들어 매고 오다 상어 무리를 만난다. 청새치의 살은 상어들에게 다 뺏기고 뼈만 간신히 보전해 항구로 돌아온다. 그렇지만 그는 다시 잠이 들고 사자의 꿈을 꾼다.

바다는 그런 곳이다. 당장은 지쳐 쓰러져도 다시 일어나서 움직이게 하는 곳, 움직여서 뻗어나가게 하는 곳, 뻗어나가 도전하게 하는 곳. 바다의 힘이다. 그 힘은 '개방성'이다. 내륙이 결코 갖지 못하는 무한한 가능성이다. 바다의 길은 열려 있고, 바다는 길을 만든다. 어디로든 열려 있는 개방성이야말로 항구도시의 고유한 특성이다.

개방성은 가능성을 만든다. 인천의 꿈은 열려 있고 개방돼 있다. 세계를 향한 시선으로 열려 있다. 미래를 향한 가능성이 열려 있다.

작은 고기잡이 항구였던 제물포는 개항과 함께 대한민국 최초 100가지를 갖는 도시가 됐다. 이 최초가 지금은 최고로 이어진다. 1883년 개항한 인천항은 대한민국의 손꼽히는 수출입항으로서 세계를 향해 뻗어 있다. 2001년 개항한 인천국제공항에는 하루 20만 명이 넘는 여행객이 이용한다. 송도를 시작으로 청라, 영종 신도시가 있고 전국에서 가장 넓은 경제자유구역이 있다. 바다의 하이웨이로 불리는 인천대교는 우리나라에서 가장 긴 다리이고 세계적으로도 열손가락에 꼽힌다. 최근 재외동포청을 유치하면서 750만 재외동포와 함께 인천은 1천만 도시가 됐다. 2025 APEC 정상회담 유치에도 적극 나서고 있다. 모든 게 열린 인천이 거둔 성과들이다.

'닫혀있는가,

열려있는가?'

인천에 서면
세계가 보인다

'닫혀있는가, 열려 있는가?'

인천은 열려 있어야 한다. 열린 꿈을 꾸어야 한다. 세계를 향해 열려 있어야 한다. 그래서 인천에 서면 온 세계가 보여야 한다.

지금 온 세계가 다 보이는 국제도시를 들라면 뉴욕을 꼽을 수 있다. '세계의 수도'라는 별명이 무색하지 않게 유엔본부가 있다. 세계 금융을 책임지는 월스트리트가 있고 문화의 심장부인 브로드웨이가 있다. 뉴욕항과 JFK 공항으로 전 세계의 여객과 물류가 드나든다.

뉴욕도 처음에는 글로벌 도시가 아니었다. '글로벌'이라는 개념은 그리 오래되지 않았다. 뉴욕의 시작은 작았고, 발전하는데 200년이 넘게 걸렸다. 1624년 네덜란드 동인도회사에서 임명한 총독 피터 미누이트가 인디언 원주민에게 60길더를 주고 현재의 맨해튼 일부를 사들인 게 뉴욕의 시작이었다. 1664년 영국군이 네덜란드와의 전쟁에서 이김으로써 뉴욕은 영국의 식민지가 되었다. 거기서 100년이 더 지나서 미국은 독립을 선언하고 뉴욕은 최초로 미국의 수도가 되었다.

그때까지도 뉴욕은 글로벌 도시가 아니었다. 뉴욕이 국제도시로서 발돋움한 건 19세기 유럽인들이 이민을 오기 시작하면서부터다. 원주민의 도시가 아닌 이민자들의 도시. 네덜란드와 영국, 아일랜드와 독일의 이민자들이 뉴욕을 발전시켰다. 거기에 중국, 인도, 일본, 한국뿐만 아니라 아프리카와 중남미의 이민자들이 '아메리칸 드림'을 꿈꾸며 몰려들었다. 뉴욕은 '아메리칸 드림'을 상징하는 도시로 자리매김했다.

그렇다면 2024년 현시점에서 '코리안 드림'을 이룰 수

있는 도시는 어디인가? 인천이다. 인천의 꿈은 대한민국의 꿈과 맞닿아 있다. 인천의 꿈을 대한민국의 꿈으로 만들어야 한다. 물론 대한민국의 꿈은 지난 세기 '아메리칸 드림'과는 다르다. 지금은 4차산업시대이고, 물리적인 이민은 물론 온라인으로 국경을 넘나드는 디지털 노마드의 시대다.

글로벌 도시의 조건 :
연결성

인천은 세계와 연결돼 있다. 개항을 통해 해외 문물이 들어온 곳도 인천이고, 해외로 첫 이민을 떠난 장소도 인천이다. 인천은 세계를 잇고 연결한다. 세계적인 국제공항과 항만도 인천의 장점이다.

지난 2023년 5월 인천이 재외동포청의 유치에 성공했다. 재외동포청 유치는 단순한 행정관청이 하나 더 생긴다는 의미가 아니다. 이스라엘을 만들어낸 유대인 네트워크, 홍콩을 아시아의 중심도시로 만들어낸 화교 네트워크를 생각해 보라. 인천의 재외동포청 유치는 세계 각지에서 활약하는 우리의 재외동포 네트워크가 드디어 인천이라는 최고의 무대를 만났다는 것이다.

인천은 항상 열려 있어야 한다. 그리고 전 세계와 '함께' 만들어야 한다. 다르게 말하면 세계와의 '연결성'이다. 대한민국은 이미 '한강의 기적'을 경험했다. 자원도 나지 않는 나라, 섬처럼 고립됐던 전쟁의 폐허 위에서 수출과 무역을 통해 오늘날의 한국을 이뤄냈다. 전 세계 200여 나라와 함께 미래를 만들어야 한다. 그리고 그 연결선상에 인천이 있어야 한다.

연결이라는 건 새로움을 만드는 창조의 방식이다. 정치, 경제, 사회, 문화, 교육, 환경, 기술 무엇이든 연결의 대상이 될 수 있고, 연결될 때 새로운 콘텐츠가 탄생한다.

인천에서 추진하는 '스마트시티' 사업도 한 예다. IT, 건설, 교통이 합쳐져 보행자의 안전과 주거 환경의 개선을

이룬다. 인천항과 인천국제공항이 세계가 들고나는 출입
구라면, 송도국제도시를 비롯해 인천경제자유구역, 재외
동포청과 한인 네트워크, 2025 APEC 정상회의 등은 콘
텐츠다. 이를 통해 인천은 세계를 연결하게 될 것이고 지
속 가능한 성장동력을 갖게 될 것이다.

대한민국을 품고
세계가 되는 꿈

열려있음 (개방성), 세계와 함께 (연결성) 여기에 인천의
꿈 세 번째 특성은 '다양성'이다. 인천의 꿈은 다양성이
있어야 한다. 문화적 다양성 뿐만 아니라 모든 영역에 있
어서 다양성을 추구해야 한다.

새로운 것만 추구해서도 오래되었다고 배척해서도 안
된다. 새로운 것과 오래된 것이 각각 공존할 수 있어야
한다. 다양성으로 공존을 모색할 때 혁신도 변화도 일어
난다.

새로운 것만 추구해서도 오래되었다고 배척해서도 안된다. 새로운 것과 오래된 것이 각각 공존할 수 있어야 한다. 다양성으로 공존을 모색할 때 혁신도 변화도 일어난다.

개방성과 연결성을 갖추더라도 다양성이 없으면 지속될 수 없다. 개방성과 연결성, 다양성이 어우러질 때 인천의 꿈은 시작되고 완성되는 것이다. 세계의 도시 뉴욕에는 전 세계 모든 음식점이 다 모여 있다. 차이나타운, 코리아타운은 물론 일본, 태국, 인도, 멕시칸, 이탈리아, 남미, 아프리카 등 전 세계의 다양한 커뮤니티가 활성화되어 있다.

　이제는 인천을 통해 세계로 나가는 것이 아니라, 인천이 세계 그 자체가 되어야 한다. 세계를 향해 열린 도시, 바다 너머 새로운 세상과 연결하는 도시, 인천의 꿈은 바다만큼이나 크다.

위기에
강한
도시

: 역사적 DNA에
새겨진 불굴의
의지

인천상륙작전의
성공확률은 0.0002% 이었다.
사실상 0.
한마디로 기적이었다.
인천이 그런 곳이다.
위기에 강하고
불가능을 가능하게 하고
항상 새로운 길을 찾아내고
기적을 이뤄내는 땅.
숱한 역사적 사실이
이를 증명하고 있다.

대한민국이 위기다. 2023년 여름 우리나라 국민총생산(GDP)이 무려 8%나 급락했다. 반도체 수출 부진과 에너지 수입 급증 등 수출입 불균형과 원화 약세가 급락의 주요원인이라고 한다. 2008년 세계 금융위기 이후로 가장 큰 하락이라 걱정이다. 우리나라의 상황과 국제정세를 볼 때 경제는 앞으로도 대한민국이 늘 걱정해야 하는 이슈다.

경제보다 더 큰 위기는 저출산 문제다. 우리나라의 합계출산율은 0.78명으로 OECD 회원국 평균 1.58명의 절반에도 못 미치고, 우리나라 다음으로 출산율이 낮은 스페인도 1.2명이니 그야말로 압도적인 꼴찌다.

이제 위기는 복합적이고 어쩌다 한번 오는 게 아니다. 위기가 상존하는 시대. 우리는 어떻게 대비해야 하고 어떻게 이겨내야 할까. 인천에 답이 있다.

닫힌 바다와
항전의 역사

고려시대 이래로 구한말에 이르기까지 인천 앞바다는 닫혀 있었다. 군사적 요충지로서 외세의 침략을 막고 한양으로 들어오지 못하도록 바다를 닫는 역할을 주로 담당했기 때문이다. 인천은 바다를 열고 뻗어나가기도 좋지만 길목을 틀어막고 문을 닫기에도 최적지였다.

한강, 임진강, 예성강까지 3개의 강이 합류하는 인천의 북쪽 하구 서해 5도와 경기만에 접한 서쪽 해안의 강화도를 장악하면 한반도 어디든 들어갈 수 있는 천혜의 요지인 까닭이다. 이런 이유 등으로 고려 시대부터 일제강점기까지 인천에는 항전의 역사가 오래도록 이어졌다.

지난 2022년 인천시에서 발간한《인천전쟁사》를 참고하면 인천은 고대부터 문학산성, 계양산성, 정족산성, 하음산성, 혈구산성, 화개산성과 같은 방어 시설을 갖추고 있었다. 큰 전투로는 광개토대왕의 고구려군과 백제 사이에 치열한 사투가 펼쳐졌던 관미성 전투, 백제를 침공한 당나라의 소정방 부대가 상륙한 인천 해역과 덕적도, 소이도 부근에서 벌어진 전투이다. (p.15, 인천광역시사편찬위원회,《인천전쟁사上》, 2022)

역사적으로 잘 알려진 건 몽골군의 침략과 고려의 강화도 천도다. 막강한 전력의 몽골군의 기세 앞에 고려군은 굴하지 않고 9번의 침략을 막아내며 30년 가까이 버텼다. 말이 9번이고 30년이지《고려사》를 보면 1254년 한 해 동안만 해도 원나라에 포로로 끌려간 사람이 20만 명

문학산성(인천시 제공)

이 넘었다. 당시 고려의 인구가 약 500만 명이라고 하니 30년 동안의 사상자까지 헤아리면 그야말로 전국이 초토화되었다고 할 수 있다.

임진왜란 초기에도 조선군은 왜군에게 연전연패를 거듭하며 밀렸다. 그런데 1593년 인천부사 김민선이 문학산성을 중수하고 지리적 이점을 활용해 왜군을 격퇴했다는 기록(p.133, 인천광역시사편찬위원회, 《인천전쟁사上》, 2022)이 있다.

임진왜란 이후에도 정묘호란, 병자호란이 이어졌고, 대원군의 집권 이후에는 병인양요(1866)와 신미양요(1871)가 일어나 강화의 이궁이 파괴되고 외규장각 등에서 약탈과 방화가 잇달았다. 병인년의 전투에서는 양헌수가 이끄는 조선군 포수들의 활약으로 프랑스군을 격퇴시키기도 했다. 신미년 미군과의 교전에서는 조선군 500명 중 광성진을 수비하던 대장 어재연을 포함해 최소 344명이 사망했다. 그리고 불과 4년 뒤인 1875년 운요호 사건이 터졌다.

운요호는 식수를 구한다는 구실로 난지도에 들어왔다가 초지진에서 포격을 가했고, 지금의 영종도인 영종진에는 육상부대까지 상륙시켜 방화와 약탈을 저질렀다. 급변하는 정세는 조선이 미처 정비를 할 틈도 없이 급박하게 돌아갔다. 1882년 임오군란과 대원군 납치사건이 일어났고, 제물포조약이 체결됐다.

제물포조약 원문 (국사편찬위원회)

1883년 지금으로부터 140년 전에 인천이 개항됐다. 하지만 역사는 더욱 걷잡을 수 없이 심각해졌다. 1884년 갑신정변이 있었고, 청나라와 일본의 내정간섭은 갈수록 심해졌다. 계속된 혼란 속에 10년 뒤인 1894년 동학농민운동, 1895년 청일전쟁, 1896년에는 명성황후가 시해당한 을미사변이 일어났고, 고종이 러시아공사관으로 피신한 아관파천이 있었다. 1897년 대한제국을 선포했음에도 불구하고 1904년 1차 한일협약으로 외교권을 침해당했고, 러일전쟁이 발발했다. 뒤이어 1905년 을사늑약으로 외교권이 완전히 박탈되었다. 1910년 대한제국은 망국을 맞았다.

찬란한 역사도 의미가 있고, 뼈아픈 역사도 교훈이 있다. 그러나 주목하고 싶은 것은 무너져 가는 나라를 지키기 위해 일어섰던 항전의 역사와 이름 없이 책임을 다

한 주인공들이다. 그 분들이 우리에게 물려준 건 불굴의
DNA이다. 인천은 그 DNA를 물려받았다.

고려궁지(김순식)

패배하지 않는
불굴의 DNA

2023년 4월, 독립운동가 황기환 지사의 유해가 고국의 품에 안겼다. 순국 100년 만이다. 황 지사는 1904년 미국으로 건너가 1차세계대전 때 기독교청년회 소속으로 전선에서 구호업무를 맡았다. 유해 송환이 주목받았던 이유는 황 지사가 드라마 <미스터 션샤인>의 주인공 유진 초이의 모티브가 된 인물 때문이기도 하다.

"듣고 잊어라. 그들은 그저… 아무개다. 그 아무개들은 모두 이름이… 의병이다. 이름도 얼굴도 없이 살겠지만, 다행히 조선이 훗날까지 살아남아… 유구히 흐른다면. 역사에

그 이름 한 줄이면, 된다." <미스터 션샤인> 8화 중에서)

드라마 <미스터 션샤인>을 방송 당시에 보지는 못했
다. 책을 쓰려고 자료를 구하다 이 드라마가 20세기 초
인천을 배경으로 한 작품이라는 사실을 접하게 되었다.
그리고 황기환 지사를 알게 되었고, 드라마의 마지막 회
에서 1907년 당시 실제 의병의 모습을 보았다.

인천은 20세기 전후 격동의 근대사에서 사실상 중심
에 있었다. 근대화의 시작이면서 역사의 고통을 고스란
히 겪었다. 그 속에서 인천과 인천사람들은 끈질기게 살
아남았고 대한민국의 역사를 지켰다. 인천이 곧 의병이
었다.

정미의병 (1907년 영국 종군기자 멕켄지 촬영)

찬란한 역사도 의미가 있
고, 뼈아픈 역사도 교훈
이 있다. 그러나 주목하
고 싶은 것은 무너져 가
는 나라를 지키기 위해
일어섰던 항전의 역사와
이름 없이 책임을 다한
주인공들이다. 그 분들이
우리에게 물려준 건 불굴
의 DNA이다. 인천은 그
DNA를 물려받았다.

자유민주주의와
평화 수호의 상징

1950년 9월 15일 인천은 불굴의 이미지를 만방에 떨쳤다. 인천상륙작전, 그날 새벽 바다를 타고 온 연합군과 대한민국 국군이 인천을 해일처럼 덮쳤다. 한국전쟁의 전세를 단번에 뒤집은 역사적 사건으로 대한민국의 운명과 세계사의 방향이 달라졌다. 2023년 9월 인천시는 제73주년 인천상륙작전 기념일을 역대 최대 규모로 치렀다. 특별히 '인천상륙작전 기념주간'을 선포하고 다양하고 의미 있는 행사를 열었다.

인천상륙작전이 벌어진 9월 15일엔 해군상륙함인 노적봉함에서 전승기념식을 가졌고 국민참관단은 천왕봉함

2023 인천상륙작전 기념행사

에 승선해 참관했다.

아울러 우리나라 해군과 미국, 캐나다 해군까지 함정 20여 척과 항공기를 비롯해 장병 3,300명이 73년 전의 인천상륙작전을 재연했다.

1944년 6월 6일 프랑스 북서부의 관문인 노르망디 해안에 역대급 규모의 군함들이 몰렸다. 나치독일에 맞선 연합군은 이날 제2차 세계대전의 향방을 바꾼 노르망디상륙작전에 성공했다. 프랑스는 해마다 6월 6일을 전후해 노르망디상륙작전을 기념하는 행사를 대대적으로 개최한다. 단순한 기념식이 아니라 20여개국 각국 정상들이 모여 평화포럼을 갖는 등 화해와 평화의 외교무대가 펼쳐진다.

노르망디상륙작전 기념식에는 제2차 세계대전의 패전
국인 독일도 참여한다. 노르망디상륙작전은 일개 군사작

노르망디 캉 기념관 방문

우리도 인천상륙작전을
자유민주주의를 수호하
고 대한민국의 평화를 지
킨 역사적 유산이자 문화
자산으로 바라봐야 한다.

전이 아닌, 나치를 격퇴하고 평화를 이룩한 유럽인의 의지와 업적을 상징하기 때문이다. 독일은 여전히 나치전범을 추적하고 잡아들일 정도로 유럽의 평화와 단합을 위해 노력하고 있다.

노르망디에 자리한 오마하비치기념관엔 연중 내내 관광객들의 발길이 이어진다. 기념관엔 상륙작전 당시 군복, 사진, 전차, 포탄을 비롯해 참전용사들의 개인소지품까지 진열되어 있어 그날의 격전을 느끼게 한다. 노르망디의 작은 도시인 캉에서는 유럽, 미국, 호주 공군조종사들이 당시 군복을 입고 에어쇼를 벌인다. 360도 영화관에선 노르망디상륙작전 영화도 상영하는 등 다채로운 행사가 상시적으로 이어진다. 이제 노르망디는 자유와 평화를 상징하는 국제적인 명소가 되었다. 프랑스관광청에서는 홈페이지에 이와 같은 소식들과 새로운 콘텐츠를 지속적으로 홍보하고 있다.

인천상륙작전과 노르망디상륙작전이 상징하는 것은 같다. 둘 다 전 세계에 자유민주주의의 수호와 평화의 메시지를 전달한 역사적 유산이자 문화자산이다. 이제는 인천상륙작전도 세계 각국과 함께 하는 지구촌 기념일로 확장시켜 나가야 한다.

수난과 좌절을
희망으로 바꾸다

세상엔 두 종류의 사람이 있다. 위기를 그냥 위험으로 아는 사람과 위기를 기회로 삼는 사람. 위기가 닥쳤을 때 위험으로만 아는 사람은 오로지 자기밖에 모른다. 정략적으로 굴고 사리사욕에 집중한다. 그러니까 남 탓만 하고 의도적으로 부정적이고 비관적인 말을 남발한다. 위기를 기회로 바꾸는 사람은 위기를 다룰 줄 안다. 진단을 하고 원인을 알아내고 처방을 내린다. 위기전문의들이다. 위기 속에서 기회를 찾고 올바른 방향을 향해 기어코 성공을 만드는 사람들.

위기를 기회로 삼을 줄 아는 사람들이 없었다면 인천 상륙작전도 없었을 것이다. 절체절명의 위기 앞에서 도망가지 않고 포기하고 않고 기회를 찾은 사람들. 인천을 택해서 작전을 수행하기까지 숱한 오류와 착오, 혼선과 변수, 비난과 질책에도 흔들임없이 해야할 일을 하고 D-Day를 맞았다. 그리고 세상을 놀라게 한 작전의 완수. 다들 성공확률이 1/5000도 안 된다고 했다. 0.0002% 사실상 확률 0. 위기에 겁먹거나 도망가지 않고 뚝심과 의지로 빚어낸 기적이었다. 이런 게 진정한 신의 한수다.

　이것이 인천의 DNA다. 위기에 강하고 불가능을 가능하게 하고 항상 새로운 길을 찾아내고 기적을 이뤄내는 땅. 인천상륙작전 등 무수한 역사적 사실이 이를 증명하고 있다. 인천은 언제든 앞으로 나아가는 곳이다.

개항과
100개의
최초

: 창조와
도전의 도시

인천은 망망대해 위에
초일류국제도시를 건설했고
건설하고 있다.
바다 위에 펼쳐진
도시의 스카이라인은
너무도 아름답다.
140년 전 인천은 새로운 것을
받아들이는데 거침이 없었고
이를 세상에 전파시켰고
지속적으로 발전시켜나갔다.
인천의 DNA엔 창의성과
도전정신이 들어있다.
이것이 인천의 힘이고
인천의 경쟁력이고
인천의 미래다.

'날카로운 첫 키스의 추억은 나의 운명의 지침을 돌려놓고'

(한용운 <님의 침묵> 중)

누구에게나 최초의 순간이 있다. 첫 만남, 첫 입학, 첫 직장, 첫 출근. 인생에서 그것이 무엇이든 최초의 순간은 대체로 앞으로의 삶에 적잖은 영향을 주기 마련이다. 동시에 삶의 이정표로서 작동한다.

도시도 마찬가지다. 개항 140년, 인천의 지난 발자취를 들여다보면 유독 최초가 많다. 인천에서 시작된 최초는 100개가 넘는다. 그 많은 최초는 지금 어디에서 어떤 모습으로 인천을 보여주고 있을까?

최초가
특별한 이유다.
최초는 목표를
가리키는 화살표이고,
우리가 어디를 향해서
가고 있는지
알려주는
상징적 가치이다.

1883년 제물포 개항
그리고 100가지 최초의 시작

부산(1876), 원산(1880), 그리고 제물포(1883). 최초의 개항장들이다. 일제는 다른 서구열강에 앞서 불평등조약인 강화도조약으로 조선 진출의 유리한 입지를 확보했다.

조약 당시에는 부산 외 2곳의 항구를 개항한다고 했지 실제로 어디를 개항할지는 정하지 못한 상태였다. 부산은 일본과 가장 가까운 항구이자 이전부터 교류하던 곳이니 개항장으로 선택했을 것이다. 원산은 경제적 목적보다는 군사적 목적의 성격이 더 강했다. 제물포가 선택된 건 서울에서 가장 가까운 항구였기 때문이다, 반면 조선은 같은 이유로 제물포만큼은 내주고 싶지 않았다. 하지만 일제는 개항 전인 1882년 영사관을 먼저 개설하여 인천항 개항 작업에 들어갔다.

당시 영사관은 지금의 개항박물관 자리에 임시로 열었다가 현 중구청 자리로 옮겼다. 그 역사적 사실만큼이나 중구청사는 인천의 근현대사를 오롯이 담고 있다. 인천 개항 후 일본은 조계지 내 거주민을 보호하기 위해 1883년에 전형적인 일본풍 2층 목조건물로 영사관을 완성했다. 건축자재는 전부 일본에서 수입했다. 1906년 2월에 일제가 통감부를 설치하면서 이사청(理事廳) 청사로 사용되었고, 1910년 조선총독부 설치 이후에는 인천부 청사로 사용되었다.

1933년 지상 2층으로 신축되었는데, 증기난방과 수세식 화장실 등 당시로서는 최신설비를 갖추었다. 광복 후

인천시청으로 사용되다가 1964년 3층으로 증축하였다. 1985년 인천시청이 구월동으로 이전하여 현재는 중구청으로 사용되고 있다. 2006년 국가등록문화재 제249호로 지정되었다

　일본영사관 뿐만이 아니라, 청나라, 영국, 러시아영사관도 문을 열었다. 청나라 영사관은 지금의 화교중산학교 자리에, 영국영사관은 올림포스호텔 자리에, 러시아영사관은 영국영사관 바로 뒤편에 문을 열었다. 조그만 어촌이 순식간에 외교관청이 들어선 국제도시로 변모했다. 그리고 날마다 새로운 신문물이 인천으로 쏟아져 들어오기 시작했다.

경인철도 : 화륜거 소리는
우레와 같아서

화륜거(火輪車) 구르는 소리는 우레 같아 천지가 진동하고, 기관거의 굴뚝 연기는 반공에 솟아오르더라. 팔십 리 되는 인천을 순식간에 당도하였는데, 그곳 정거장에 나눠준 범절은 형형색색 황홀 찬란하여 진실로 대한 사람의 눈을 놀래더라. (<독립신문>, 1899년 9월 19일자)

1899년 9월 18일 우리나라 최초의 철도가 개통한 날이다. 기사에는 노량진에서 제물포까지 33.2㎞의 거리를 '우레 같은 소리'를 내며 달려서 '순식간에' 인천에 도착했다고 말하고 있다. 참고로 당시 운행한 증기기관차는

1897년 경인선 기공식 모습(국사편찬위원회)

19.8㎞/h의 속도를 냈고, 열차 좌석은 상중하의 3등급이었다고 한다.

우리의 의지와 기술이 아닌 미국인과 일본인이 만든 철도였지만, 이후 우리나라 철도는 눈부시게 발전했다. 대한민국 철도 기술은 세계 최정상급이며 고속철, 전동차, 경전철 부품을 상당수 국산화하는 데도 성공했다.

2025년 예정대로 인천발 KTX 공사가 완공된다면 인천에서 부산까지 2시간 20분, 목포까지 2시간 10분에 갈 수 있으니, 그야말로 다시 한 번 '순식간에' 움직이는 경험을 하게 될 것이다. 굳이 서울까지 가지 않아도 말이다.

덕수궁에서
걸려온 전화

전화(텔레폰)의 조선식 표현인 덕률풍도 인천이 최초를
경험했다. 전화는 1896년 10월 2일 궁중에서 인천 감리서와
정부부처를 연결하는 전화가 설치되면서 최초로 개통됐
다. 처음엔 황실전용이었고 점차로 일반인도 사용하게 됐
는데 국내 최초 민간인 전화 가입도 인천이 빠지지 않는다.

1903년 2월 17일 인천전화소에서 교환업무를 개시하며
천일은행 본점과 인천 지점 사이에 전화를 개통한 것이
한국 최초의 전화 가입일이다. (<한국 최초 인천 최고 100선>
인천광역시 역사자료관 발간) 인천은 그야말로 신문물과 첨단
기술의 전진 기지였던 것이다.

근대적 국제도시로
거듭나다

　인천항이 개항하면서 세계열강들의 공관이 들어서고, 각국의 조계가 생겨났다. 조계(租界)는 각국 외국인 거주지로 행정권과 경찰권 등 자치권을 조선이 아닌 외국이 갖는 치외법권 지역이었다. 일본이 가장 먼저 현재의 중구 관동과 중앙동을 자신들의 조계로 지정했다. 청나라는 중구 선린동 일대를 조계로 차지하면서 큰 상권을 이뤘다, 현 차이나타운의 효시라 할 수 있다. 응봉산(자유공원) 일대엔 미국, 영국, 독일, 러시아, 프랑스가 참여하는 공동조계 지역이 들어섰다.

세계열강이 야욕을 드러내는 격동의 시기에 인천은 지정학적으로 근대화의 선봉이 될 수밖에 없었다. 그런 가운데 근대를 상징하는 100가지 최초도 품었다. 격동의 시기를 헤쳐 나가며 인천은 개방성 다양성 창의성이란 정체성을 확립해 나갔고 민족의 미래를 위한 유무형의 자산으로 축적했다. 인천의 최초는 궁극적으로 대한민국의 최초로 전국으로 퍼져나갔다.

제물포구락부

창조적 국제도시의
경쟁력

인천은 망망대해 위에 초일류국제도시를 건설했고 건설하고 있다. 바다 위에 펼쳐진 도시의 스카이라인은 너무도 아름답다. 140년 전 인천은 새로운 것을 받아들이는 데 거침이 없었고 이를 세상에 전파시켰고 지속적으로 발전시켜 나갔다.

조선 태종 13년(1413) 10월 15일, 군이나 현에 주(州)자가 들어있는 고을은 산(山) 자나 천(川)자로 고치게 했다. 그때 인주(仁州)가 인천(仁川)이 됐다. 인천이란 이름이 탄생한 날이다. 그래서 10월 15일을 인천시민의 날로 정했고 매년 행사를 연다. 10월 15일은 또 인천경제자유구역청이 개청한 날이다. 2003년 송도, 청라, 영종이 우리나라 최초의 경제자유구역으로 지정됐다. 제물포항이 개항되면서 근대화의 물꼬를 트며 근대적 국제도시 기틀을 갖추었던 인천은 21세기 들어 첨단과 창조의 국제도시로 입지를 다졌다. 이제는 글로벌 문화도시로 근육을 키우는 중이다.

글로벌 문화도시란 '지역의 고유한 문화에 대한 향유, 활용, 연구, 교육, 산업을 활성화하여 상호이해, 다양성, 창의성을 증진하고, 문화를 매개로 도시의 지속가능한 성장모델을 구축한 도시이자, 창의적인 도시 간의 국제적 네트워크를 가진 도시'(인천연구원)다. 인천은 앞으로 상상 이상으로 변하고 성장할 것이다.

이미 국제적인 도시들 뉴욕, 런던, 암스테르담, 바르셀로나, 홍콩, 시드니 등은 산업과 문화예술이 함께 어우러진 도시다. 도시의 창의성은 기업뿐만 아니라 예술적 성과로도 드러나기 때문이다. 국경을 넘어선 활발한 인적 교류가 곧 창의성의 토대가 되는 것이다. 인천은 이미 전국 각지의 다양한 사람들이 모이는 도시이자 이제는 전 세계의 다양한 인재들이 모이고 만나는 곳이다. 인천에 오면 자연스럽게 문화적 다양성을 경험하게 된다. 인천 특유의 개방성과 다양성이 창조적 성과로 이어지도록 도시의 인프라와 소프트웨어를 더욱 뒷받침해야 할 것이다.

인천의 DNA엔 창의성과 도전정신이 들어있다. 이것이 인천의 힘이고 인천의 경쟁력이고 인천의 미래다.

세계가
사랑하는
초일류
국제도시
인천
: 하와이 이민부터
재외동포청까지

근대의 최초는
미래의 최초(first ever)가
되는 것이다.
인천의 수많은 최초는
과거-현재-미래를 잇는
꺼지지 않는 불인 것이고
오래 전부터 세계 도시로서
거대한 잠재력을 품어왔다고
말할 수 있다.

한국, 홍콩, 대만. 싱가포르는 7~80년대 '아시아의 4마리 용'(Four Asian Dragons)으로 불리던 나라들이다. 한국은 작은 반도 국가이고 대만은 작은 섬. 나머지는 도시 국가로 변변한 자원도 없고 가진 돈도 빈약했던 나라들이다. 그런데도 높은 교육열과 기술력을 바탕으로 고도 경제성장을 이루어 세상을 깜짝 놀라게 했다. 지금은 네 나라가 하나로 묶이진 않지만 저마다 자국의 특성을 잘 살려 여전히 용의 지위를 놓치지 않고 있다.

특히 홍콩, 대만, 싱가포르에 주목할 점이 있다. 화교의 역할이다. 외국에 거주하는 중국인을 뜻하는 화교(華僑 overseas Chinese)는 전 세계에 퍼져 있고 대략 6천만 명으로 추산된다. 홍콩, 대만, 싱가포르는 자국과 연결되는 화교자본의 협조와 지원에 힘입어 경제 동력을 확보할 수 있었다. 즉 도시 국가의 한계를 재외동포 네트워크로 극복한 것이다.

재외동포라는
성장 자산

    나는 인천 최초의 대학교인 인하대학교를 다녔다. 나와 인천의 첫 인연이었다. 첫 인연은 강렬했고 결국 나를 다시 인천으로 이끄는 북극성이 됐다. 인하(仁荷)라는 이름은 인천과 하와이의 앞 글자를 딴 것이다. 1952년 하와이 이민 50년을 맞아 교민들이 성금을 모아 한국으로 보냈다. 당시 이승만 대통령은 공업 입국과 과학기술 발전을 위해 공대설립을 주도했고 이에 하와이 교민들도 적극 나섰던 것이다. 이승만 대통령이 일제강점기 시절 하와이에서 독립운동을 할 수 있었던 것도 교민들의 전폭적인 지원 덕분이었다.

인천의 최초 중 하나가 해외 이민이었다. 1902년 12월 22일 최초의 이민선이 제물포항을 떠났다. 하와이 사탕수수밭 농장에서 일하게 될 121명의 노동자가 타고 있었다. 이들 중 102명이 긴 항해 끝에 하와이 호놀룰루항에 도착했다. 이후 3년 동안 64회에 걸쳐 7,400여명이 하와이로 향했다. 그들이 마지막으로 본 조국의 모습이 인천이었다. 그 인천에 그리운 조국의 발전을 위해 학교를 세웠고 인하대가 탄생한 것이다.

일제강점기 시절 수많은 사람들이 지구 곳곳으로 이민을 떠났다. 먹고 살기 위해서 또는 독립운동을 위해서 조국을 떠났다. 하와이 이민자들 중엔 미국 본토로 넘어가기도 했고 멕시코 사탕수수농장으로 떠난 이민자 일부는 쿠바 등 카리브해 각국으로 진출했다. 일제의 징용으로 연해주로 이주한 교민들 중엔 훗날 중앙아시아에서 고려인 으로 생존해 지금도 공동체를 이루고 있으며 이외에도 러시아, 유럽, 동남아시아 더 나아가 아프리카까지 이민자의 행렬은 지구 곳곳으로 이어졌다.

이렇듯 대한민국 이민은 고난과 아픔의 역사였다. 그

럼에도 이 땅의 질경이처럼 버티고 살아남았다. 1962년 해외이주법이 제정되면서 교육이나 거주를 위한 이전과는 다른 이민도 부쩍 늘어났고 현재 세계 200여개 나라에 750여만 명이 '교민'으로 살고 있다. 인천은 이 디아스포라의 역사를 또렷이 지켜보며 함께 해왔다.

재외동포청의 유치로 인천은 그 시작을 기억하는 도시가 되었다. 당연한 말이지만 인천의 시작은 단지 근대의 최초로만 머물러선 안된다. 근대의 최초는 미래의 최초(first ever)로 연결되어야 한다. 인천의 최초는 아직 끝나지 않았다. 그 최초를 미래와 연결하기 위해서는 먼저 최초의 순간부터 지금까지 축적된 인천의 잠재력을 꿰뚫어 볼 수 있어야 한다.

역사적으로 인천은 이민과 이주의 땅이었다. 이제는 떠났던 사람들이 다시 인천으로 되돌아오고 있다. 재외동포청이 인천에 있어야 할 필연적인 이유다. 인천은 앞으로 어떻게 최초의 기억을 되살리고 또 최초가 지속되고 미래로 향하는지 보여주게 될 것이다.

근대의 최초는 미래의 최초(first ever)가 되는 것이다. 인천의 수많은 최초는 과거-현재-미래를 잇는 꺼지지 않는 불인 것이고 오래 전부터 세계 도시로서 거대한 잠재력을 품어왔다고 말할 수 있다.

재외동포청의 유치로 인천은 그 시작을 기억하는 도시가 되었다. 당연한 말이지만 인천의 시작은 단지 근대의 최초로만 머물러선 안된다. 근대의 최초는 미래의 최초(first ever)로 연결되어야 한다. 인천의 최초는 아직 끝나지 않았다. 그 최초를 미래와 연결하기 위해서는 먼저 최초의 순간부터 지금까지 축적된 인천의 잠재력을 꿰뚫어 볼 수 있어야 한다.

인천이 가진
세계도시의 경험자산

일제강점기로 인해 근대화의 상징이자 세계도시로서의 성장도 막혀버렸지만, 근대화의 경험은 인천을 군사적 요충지가 아닌 대한민국의 성장을 견인하는 핵심도시로서 가능성을 갖게 했다.

재외교민은 한국을 떠난 사람들이 아니다. 여러 이유로 떨어져 사는 사람들일 뿐이다. 그들은 대한민국의 소중한 자산이고 역량이다. 이제는 한인네트워크가 활발히 작동 중이다. 이제 이 네트워크는 화교네트워크 이상으로 역할을 할 것이다.

화교네트워크는 홍콩, 대만, 싱가포르를 선진국 체급으로 키웠고 중국의 일대일로 정책의 배후이기도 하다. 현재 화교자본은 2조~3조 달러 수준으로 추정된다, 미국과 EU에 이어 세 번째 규모다. 지금 가장 급부상하는 나라인 인도 역시 해외로 퍼져나간 자국민 네트워크의 힘을 최대한 활용하고 있다. 교민은 인도 인구의 2% 정도이지만 경제력은 절반에 가깝다고 한다.

　　과학기술과 인프라의 혁신으로 이제 물리적 공간의 제약이 사라졌다. 전 세계가 활동무대가 된 지금 한 나라의 경제력은 비단 그 나라 안에서만 발휘되지 않는 시대가 되었다. 이런 시점에서 재외동포청이 인천에 자리한 것이다.

1890년 제물포 (국사편찬위원회)

이제는 전 세계 180개국 750만 여 명에 이르는 재외동포가 곳곳에 서 대한민국의 위상을 드높이고 있다. 하와이 이민으로부터 120년, 무에서 유를 만들어낸 대한민국의 이민 역사다. 이 자체가 바로 우리 의 소중한 자산이고, 우리 대한민 국의 역량이다.

재외동포청, 세계초일류도시
인천 1000만 시대를 여는 열쇠

　이제 관건은 구체적이고 세밀한 방법과 정책이다. 재외동포의 규모는 커지고 활동영역은 넓어졌는데 그동안 재외동포 지원과 연결은 정부 각 부처 별로 분산돼 실질적이지 못했고 효율적이지 않았다. 각국의 교민사회는 재외동포들의 행정편의, 권익신장, 원활한 대외활동 등을 위해 재외동포청의 설립을 줄기차게 요구해왔다. 그리고 그 최적지로 인천을 지지했다.

　마침내 2023년 6월 5일 그 염원이 이루어졌다. 재외동포청이 개청했다. 이제 인천은 세계 각국 재외동포의 고향으로 거듭났다. 무려 193개국과 인천이 연결되었다. 재외동포가 가진 역사문화적 자산, 경제적 역량이 인천을 통해 결집되고 시너지를 발휘할 수 있게 된 것이다.

일례로 2023년 10월 미국 오렌지카운티에서 재외동포청이 주최한 2023 세계한인비즈니스대회는 목표치를 훨씬 웃도는 실적으로 주목을 받았다. 재외동포청의 발표에 따르면 해외 31개국의 기업인 7,825명이 참가해 1:1 비즈니스 미팅에서 17,200건의 투자상담과 2억 달러에 가까운 현장계약이 이뤄졌다. 뿐만 아니라 기업전시회와 비즈니스 미팅 외에도 영비즈니스리더포럼, 리딩CEO 포럼, VC 투자포럼, 스타트업 경연대회, 문화공연 등 다양한 프로그램이 진행됐다.

무엇보다 재외동포가 거주하는 193개국과 인천이 연결되었다는 점이 핵심이다. 재외동포가 가진 역사 문화적 자산, 경제적 역량이 인천을 통해 결집되고 시너지를 발휘할 수 있게 된 것이다.

1883년 개항 이후 인천엔 열강들이 자리 잡았고 신문물이 쏟아져 들어왔다. 의도치 않았고 결과적으로 아픈 역사로 이어졌지만 어떻든 인천은 첨단과 세계 도시로서 기틀과 기능을 갖추게 되었다.

당시 인천은 조선에선 거의 드물게 다문화 다인종 다종교 도시였다. 또한 바다에는 갑문이 건설됐고 땅에는 철도가 들어섰다. 성당과 교회도 속속 생겼고 호텔도 눈에 띄게 늘어나며 이국적이고 이색적인 도시로 변모해 나갔다.

대한민국 최초의 국제도시 인천. 인천국제공항, 인천항 국제여객터미널 등 접근성과 편의성도 뛰어나 24시간 세계의 길목 역할을 하고 있다. 인천시는 재외동포청의 개청과 함께 비전 선포식을 열었다. 재외동포들과 함께 세계 초일류도시로서 발돋움하겠다는 의지의 표명인 것이다.

세계가 사랑하는 도시,
인천

    앞으로 인천은 단순히 오고가는 도시가 아니라 세계인이 사랑하는 도시로 거듭날 것이다. 한 나라의 수도는 아니지만 수도보다 더 특별하고 매력이 넘치는 도시, 그래서 세상 사람들이 사랑하는 도시들이 있다. 뉴욕, 오사카, 이스탄불, 홍콩, 바르셀로나가 그렇다. 인천도 그런 도시로서 자격이 충분하다.

무엇보다 창조성이 넘치는 도시다. 역사적으로 면면히 흘러온 개방성 다양성 창의성이 역동적인 에너지를 만들어 세계인 누구나 정착하기 좋은 곳이 되었다. 이것이 인천만의 개성이자 매력이고 관리형 도시인 서울과 분명하게 다른 점이다.

산업화의 길, 혁신의 길

: 지속가능한 경쟁력으로 세계를 이끄는 도시

인천은 대한민국의 산업화와
경제성장을 위해 맨 앞에서
숨 가쁘게 달려왔다.
이제는 4차산업혁명과
탄소중립의 시대이자
포스트 코로나 팬데믹 시대이고
저출산과 고령화 시대다.
한마디로 거대한 변화와 전환의 시대.
이를 맞이하고 대처하려고
세계 각 도시들은 스마트도시로 변신을
꾀하고 있다. 언제나 시대의 변화를
이끌고 앞장섰던 인천도 마찬가지다.
더구나 지금은 도시가
국가의 얼굴인 시대.
도시가 경쟁하며
국가의 위상을 높이는 시대.
인천은 어떤 도시가 돼야하는가?

사회부 기자는 특성상 다른 부서보다 더 거칠고 날선 현장을 다닌다. 나도 그랬다. 날마다 사회 곳곳, 구석구석 발품을 팔았고 범죄현장과 사고현장도 숱하게 다녔다. 그런데 유독 기억에 남는 장면이 하나 있다.

　어느 도금 공장을 찾아갔을 때다. 별별 현장을 다 겪어봐서 이골이 났는데도 그곳에선 잠시 굳어버렸다. 공장에 들어서자마자 코를 파고드는 역한 냄새에 순간 질리고 말았다. 도금 공장이 화학물질을 많이 사용한다는 걸 머리로는 알고 있었지만 그 체감은 상상을 넘어섰다. 취재를 마치고 보도까지 다 했는데도 그 현장은 머릿속에 단단히 박혀 언제라도 선명하게 나타났다. 단지 냄새 때문이 아니었다.

　'나야 잠깐 취재했을 뿐이지만 일주일 내내 그곳에서 일하는 분들은 어떻게 견딜까?' 하는 마음도 있었고, 무엇보다 '저분들의 피땀과 고생이 우리나라를 발전시키는 원동력이 되고 있구나' 싶어서 숙연해졌기 때문이었다. 안쓰러운 마음이 아니라 그 분들께 감사하면서 또 빚진 기분이었다.

자랑스러운 산업화의 자산과
새로운 도전

공장 굴뚝에서 솟구쳐 오르는 연기가 자랑스러운 시절이 있었다. 그 시절을 온몸으로 겪어낸 사람들에게 산업화란 그런 것이었다. 논밭이었던 땅에 들어선 웅장한 공장이 자랑스러웠고 의지가 되었다. 우리도 잘살 수 있다는 희망이었다. 공장에 다니는 사람들은 산업발전의 역군으로서 자부심을 가지고 일했다.

1955년 세계은행에 가입할 당시 대한민국의 1인당 국민총소득은 아프리카 가나와 가봉보다도 훨씬 못 미치는 '65달러'에 불과했다. 1960년대 본격적으로 경제개발에 착수할 때만 해도 우리나라의 롤모델은 필리핀이었다.

당시 필리핀은 1인당 국내총생산이 254달러였고, 우리나라는 79달러였다. 1966년 박정희 대통령이 필리핀을 방문했을 때 '우리나라도 필리핀처럼 잘 살 수 있다면 얼마나 좋겠는가.' 말했던 것도 유명하다.

대한민국의 부모는 폐허로 변해버린 땅 위에서 모든 것을 다 바쳐 자식들을 학교에 보내고 공부를 시켰다. 공장을 세우고, 기업을 세우고, 날이 새는지도 모르고 일에 매진했다. 그 시절은 인천은 그런 대한민국 산업화의 선두에서 맹활약했다.

공장 굴뚝에서 숫구쳐 오르는 연기가 자랑스러운 시절이 있었다. 그 시절을 온몸으로 겪어낸 사람들에게 산업화란 그런 것이었다. 논밭이었던 땅에 들어선 웅장한 공장이 자랑스러웠고 의지가 되었다. 우리도 잘살수 있다는 희망이었다. 공장에 다니는 사람들은 산업발전의 역군으로서 자부심을 가지고 일했다.

<인천광역시사>에 따르면 인천은 개항 직후부터 상당한 공업 기반을 갖고 있었다. 당시 대한제국은 서구 열강과 일본처럼 근대공업화를 이루려고 무던히 애를 쓰고 노력했다. 열강에게 빼앗기다시피 했던 철도부설과 광산 채굴 권리를 회수했다. 인천과 서울을 중심으로 기계국, 전환국, 직조국, 박문국, 광무국 등의 담당기관을 설치하고 전기, 교통, 방직공업, 기계업, 금융업 등의 인프라를 조성했다. 이는 일제시대에도 이어져 인천은 정미, 섬유, 양조를 중심으로 한 경공업지대로 발전했다. 또 제염업도 발전했다. 일본이 중일전쟁과 태평양전쟁을 일으키면서부터는 제강, 기계, 차량, 전기, 화학비료, 알루미늄 등 대규모 중공업 공장도 인천에 들어섰다.

　　이 시기 인천 산업화의 대표적인 사례는 동일방직이다. 1937년 일본 동양방적 인천 공장으로 시작했는데 부지만 무려 75,817㎡에 달했다. 해방 이후엔 국내최대 섬유공장으로 1966년부터 2017년까지 동일방직이라는 이름으로 운영됐다.

　　동일방직은 한국의 근현대에 걸쳐 진행된 산업화 과정을 압축적으로 보여준다. 특히 1972년부터 1978년까지 전개됐던 이른바 '여공'들의 노조운동은 우리나라 여성노동운동의 상징과도 같다. 그러니까 동일방직은 한국의 노동운동, 더 나아가 민주화 운동도 압축적으로 담고 있다.

또한 동일방직과 같은 인천의 수많은 공장들, 즉 산업 건축물들은 오늘날 '산업유산'으로 계승되고 있다. 이 유산들은 대한민국 근대산업과정을 직접 보여주는 문화적 자산들이다.

개항 이후 인천은 20세기의 총아와 같은 도시였다. 공장의 도시, 제조업의 도시, 수출의 도시로 성장하고 자리매김했다. 이를 위해 1960년대부터 인천에는 본격적인 간척사업이 이루어지면서 공장 부지를 확보하고 항만을 넓혔다. 임해공업단지와 중화학공업지대기 조성되면서 동양화학 공장, 제일제당 공장, 수출산업공단들이 들어섰고 지방공업단지, 기계공업단지, 목재공업단지 등이 뒤를 이었다. 인천은 바다를 끼고 있다는 유리한 지리적 조건 덕분에 일찌감치 대한민국 수출산업의 거점도시로 우뚝 올라설 수 있었다.

제조업 취업자가 급격하게 늘어난 것도 이 무렵이다. 통계를 살펴보면 1963년 인천의 제조업 취업자 비중은 불과 8.6%였으나, 1979년에는 41.4%까지 올라갔다. 이에 따라 공단과 제조업체가 몰려있던 부평, 주안, 남동 일대에 대규모 아파트와 주거단지가 건설되었다.

21세기 스마트도시
인천

 인천은 대한민국의 산업화와 경제성장을 위해 맨 앞에서 숨 가쁘게 달려왔다. 그리고 이제는 4차산업혁명과 탄소중립의 시대이자 포스트 코로나 팬데믹 시대이고 저출산과 고령화 시대다. 한마디로 거대한 변화와 전환의 시대이다. 이에 대처하려고 세계 각 도시들은 스마트도시로 변신을 꾀하고 있다. 언제나 시대의 변화를 이끌고 앞장섰던 인천도 마찬가지다.

 더구나 지금은 도시가 국가의 얼굴인 시대이다. 도시가 경쟁하고 성취하여 국가의 위상을 높이는 시대이다. 인천은 어떤 경쟁력을 갖고 어떤 도시가 돼야하는가?

시대적 변화에 부응하는 길은 세계를 향해 열린 국제도시 인천의 정체성에 집중하고, 좀 더 높은 곳을 바라보는 것이다. 우리는 다시 한 번 도시로서 '인천'을 바라보아야 한다. 이제는 국가가 경쟁하는 시대가 아니라 도시가 경쟁하는 도시의 시대이기 때문이다. 인천은 이제 스마트도시로 나아가야 한다.

지속가능한 경쟁력과
시민이 행복한 삶

우버는 택시를 연결시켜 주지만 정작 택시 한 대 없다. 오로지 애플리케이션만으로 2023년 3분기에 매출액이 93억 달러(약 12조원)다. 에어비앤비는 숙박을 연결시켜 주지만 정작 방 한 칸 없다. 오로지 애플리케이션만으로 220여개국 450만명이 자신의 방을 등록하고 연간 10억회 이상 공유한다.

어제는 상상할 수 없었던 것을 오늘 실현시키는 혁명적인 기업의 시대. 이를 상징하는 우버와 에어비앤비는 미국 캘리포니아의 도시인 산호세에 있다. 이 도시엔 이미 혁명을 완수하고 또 다른 혁명을 기획하는 구글, 애플,

이베이, 페이스북, 인텔 등이 굳건히 자리를 지키고 있다. 산호세가 '실리콘벨리의 수도'라 불리는 이유다.

산호세는 원조 스마트도시다. 기업하기 좋은 도시를 만들어 IT업체의 강자들을 끌어들였다.

세계는 디지털 경제의 실현과 스마트 도시라는 혁신으로 전에 없던 혁명적인 성장 동력을 만들어내고 있다.

보스턴은 미국에서 가장 오래된 도시 중 하나이고 독립전쟁이 시작된 유서 깊은 곳이다. 많은 명문 대학들이 포진한 교육의 도시이기도 하다. 인구도 70만 정도로 언뜻 박물관 같은 느낌이 들기도 한다. 그러나 보스턴은 세상 어느 도시보다 스마트도시다. 당장 바이오산업의 최강 도시다. 보스턴은 21세기 들어 도시를 전면적으로 개

보스턴 이노베이션 구역

혁했다. '보스턴 이노베이션 스트릭트' 프로그램으로 스마트도시의 기반을 닦았다.

도시 남쪽의 낙후된 수변지역을 창조적인 혁신업무와 주거지역으로 재탄생시켜서 이른바 주거(Live)-일(Wort)-여가(Play)를 한 곳에서 해결할 수 있는 스마트도시의 대표사례가 되었다. 혁신지구 안에 '이노하우징'이라 하여 창업가를 위한 소형 주택을 만들고, 주거개발의 15% 이상을 무조건 이노하우징으로 의무화했다. 주택이지만 그 안에서 보스턴의 청년들은 인터넷과 3D프린터를 활용해 새로운 스타트업을 시작한다. 또한 디스트릭트 홀이라고 해서 24시간 내내 창업가들이 서로 아이디어를 공유하고 다양하게 소통할 수 있도록 새로운 도시공유공간을 만들었다. 또한 보스턴시는 계속해서 신생기업을 유치할 수 있도록 매스챌린지라는 비영리단체를 세워 자금, 교육, 컨설팅, 마케팅, 네트워킹을 돕는다.

한 마디로 창업하기 좋은 도시이고, 인재가 모여드는 도시를 만든 것이다. 미국의 젊은 청년들, 제2의 인생을 시작하고자 하는 중장년들이 보스턴으로 모여들고 있다. 도시에 돈이 많고 땅이 넓고 큰 공장이 있어서가 아니다. 바로 '기회'가 있기 때문이고, 그 기회를 위한 인프라가 넘쳐나기 때문이다.

대한민국은 IT 강국이다. 빅데이터와 인공지능, 정보통신, 로봇과 같은 스마트 인프라도 강국이다. 인천은 여기에 국내외 할 것 없이 오프라인 접근성이 뛰어나다. 세계의 허브 역할을 하는 공항이 있고 대륙과 대양으로 나가는 항만이 있다. 곧 KTX도 개통한다. 이제 세계의 인재들이 인천으로 모여들게 할 정책과 비전을 보여줄 때다.

주거와 일과 여가를 동시에 해결할 수 있는 인프라를 만든다는 보스턴 이노베이션 디스트릭트는 창의적인 발상이었다. 이유는 간단하다. 우리는 그동안 주거지역 따로, 업무(생산)지역 따로, 여가 공간 따로 생각해 왔기 때문이다. 동시에 그랬기 때문에 산업이 쇠퇴하자 도심이 비어버렸고, 주거와 여가가 단절되자 상권도 죽어 버린 것이다.

코로나 팬데믹을 겪으며 우리나라는 위기에 처했다. 기존의 상식과 고정관념을 버리지 못했기 때문이다. 그러나 동시에 새로운 기회도 만들어 냈다. 세계 최고 수준의 방역 대응과 관리, 원격 기술을 활용한 일과 수업, 인터넷과 비대면을 활용한 새로운 여가를 발굴해 낸 것 역시 우리의 성과다.

인천은 120년 전에 이미 스마트도시로서 자질을 갖추었다. 그리고 꾸준히 키워왔다. 대한민국 그 어느 도시보

인천은 온라인과 오프라인을 합쳐서 가장 뛰어난 접근성과 편의성을 가진 도시다. 우리의 빅데이터와 인공지능, 정보통신과 로봇, 스마트 인프라는 세계최고 수준이다. 그렇다면 이제 남은 것은 연결이다. 우리나라와 세계의 인재들이 앞 다퉈 인천에 모이게 하고 새로운 꿈을 꿀 수 있도록 해야 한다.

2022 바르셀로나 스마트시티 엑스포 월드콩그레스(SCEWC)

다 스마트도시로 발빠르게 변신할 수 있다. 스마트도시
는 경제를 활성화시키고 주거 문제와 교육 문제를 해결
할 수 있다. 기후 문제와 환경 문제에 적극적으로 대처할
수 있다. 이는 삶의 질을 혁신적으로 높일 것이고 저출산
과 고령화 문제에 명쾌한 답을 줄 것이다.

06

원도심의
자부심,
신도시의
자긍심

: 제물포
르네상스와
뉴홍콩시티

인천은 준비됐다고
자신할 수 있다.
지방정부시대,
이제는 지방이 중심이 되어
국가를 이끌어가야 한다.
지방화와 세계화를 동시에
이루는 전략이 필요한 때다.
인천은 선두에 설만한 자격이
충분하다고 생각한다.
인천이 잘 되면
대한민국이 잘 된다.
그 믿음 하나로
나는 지금 새로운 일에
도전하는 것이다.

"동인천역에서 나고 자란 25년 동안 동인천역 백화점이 닫힌 모습을 더 많이 봤어요 닫힌 백화점 때문에 빙 돌아서 가야해 동선도 많이 불편하고 흉물처럼 느껴져 밤에는 무섭기까지 하거든요. 그 곳을 하루 빨리 개선해 다양한 즐길 거리가 생겼으면 좋겠습니다."

2023년 1월 OBS 방송에서 주최한 '유정복 시장 초청 시민과의 대화' 중 대학생 시민의 말이다. 동인천역에 들어섰던 백화점이 폐업한 게 2009년이고 이후 사실상 방치되다시피 했으니 그 대학생한테 동인천역은 언제나 흉물

이었을 것이다. 인천의 원도심인 동인천 일대가 쇠락하
면서 서울 영등포역에 이어 두 번째 민자역사였던 동인
천역은 이제 쇠락의 상징이 되고 말았다.

　어쩌다 동인천이……. 다시 인천으로 돌아와서 동인천
을 찾아갈 때는 좀 설레기도 했다. 대학 시절 동인천은 정
열과 낭만이 가득한 곳이었고 젊음으로 들끓었다. 나 또
한 무수한 추억을 쌓았다. 친구들과 어울려 양키시장이
라 불리던 중앙시장에서 구경도 하다가 신포시장 들러
닭강정과 만두도 먹고 삼치골목에서 막걸리 건배를 하던

기억이 여전히 생생하다. 아마도 30~40대 이상 세대라면 나와 비슷한 기억을 갖고 있을 것이다. 서울보다 동인천! 이라 하던 시절이었다. 그때는 거주하는 사람도 유동 인구도 많아 인천에서 가장 인구밀도가 높은 지역이었다.

그런데 다시 찾은 동인천은 너무 아프게 다가왔다. 명가의 몰락을 보는 듯한 기분이었다. 동시에 분명 동인천을 살릴 수 있는 방법과 해법, 대안도 있을 것이란 생각이 들었다. 동인천을 중심으로 한 원도심의 쇠락은 그 지역을 넘어 인천의 문제다. 동인천 일대와 제물포는 인천의 상징과 같은 곳이다. 인천의 역사와 전통을 담고 있고 인천의 정체성을 알 수 있는 곳이다. 수년 전부터 이 일대의 여러 곳이 인천기행을 하는 사람들에게 핫플레이스가 된 것만 보더라도 우리가 무엇을 생각하고 무엇을 해야 할지 알 수 있다.

무엇보다 의지가 중요하고 과감한 발상의 전환과 정책의 변화가 필요하다. 인천시가 원도심 활성화를 재개발이나 뉴타운 같은 표현을 쓰지 않고 '재창조'라고 밝힌 것도 그런 까닭이다.

'인천의 꿈, 대한민국의 미래'라는 비전을 내세운 민선 8기는 시민이 행복한 세계초일류도시라는 목표와 더불어 균형, 창조, 소통이라는 시정가치를 확립했다. 그리고 맨 먼저 시민들과 약속한 것이 바로 '제물포 르네상스'다.

이제 도시는 브랜드가 중요한 성장동력이다. 도시만의 스토리텔링을 가질 때라야 실제적인 힘을 발휘하는 시대다. 수많은 세계일류도시 역시 대부분 원도심의 쇠락을 경험했거나 경험 중이다.

인천은 제물포 르네상스를 통해 원도심 활성화와 균형발전을 이룸으로써 인천만의 고유한 도시브랜드를 세워갈 것이다.

세 번의
변신

인천은 세 번의 중요한 변화를 겪었다. 첫 번째는 근대화, 두 번째는 산업화, 세 번째는 국제도시로의 변신이다.

영국의 리버풀하면 비틀즈를 먼저 떠올리는 사람도 있을 것이고 축구를 먼저 떠올리는 사람도 있을 것이다. 항구도시인 리버풀은 박지성이 활약하던 맨체스터 유나이티드가 있는 맨체스터와 가깝다. 인천과 서울 거리다. 가깝지만 두 도시는 역사적으로 서로 지역감정이 강하다. 맨체스터 유나이티드의 응원가엔 '리버풀은 쥐나 먹는 것들'이란 가사가 있을 정도다. 맨체스터 뿐만아니라 영국의 다른 지역에서도 리퍼풀 시민을 스카우서(scouser)라 부르는데 조롱하고 비하하려는 의도다. 스카우서는 스튜의 일종인 스카우스를 먹는 것들이라는 뜻과 아주 독특한 억양(사투리)을 쓰는 것들이란 뜻. 대충 이상한 것을 먹으며 이상한 말투를 쓰는 것들이란 얘기다.

이처럼 리버풀, 리버풀 시민이 영국 안에서 그야말로 별스런 대접을 받는 건 그들의 역사와 깊은 관계가 있다. 리버풀은 원래 그저 작은 어촌이었지만, 유럽의 대항해 시대가 열리고 영국이 전 세계 해상무역의 주도권을 쥐게 되면서 중심 항구로 급부상했다. 그리하여 300년 전부터 세계 무역의 40%를 담당하는 일약 세계적 도시로 떠올랐다.

1840년 7월 4일에는 전 세계 최초의 증기기관 여객선 '브리태니커호'가 리버풀에서 항해를 시작했고, 산업혁명의 중심지인 맨체스터와 철도로 이어지면서 영국공업의 중추도시로 성장했다. 언뜻 인천과 서울의 역사와 닮은 꼴이다. 한국 프로축구에도 인천 유나이티드와 FC서울은 라이벌 관계이고 이를 경인더비로 부른다.

하지만 2차대전 당시 리버풀은 대대적인 폭격으로 피해가 컸고 전후엔 복구도 제대로 이루어지지 않았다. 맨체스터와 바다를 직접 연결하는 운하가 생기면서 철도의 역할이 줄어들었고 일자리도 줄어들어 도시를 떠나는 사람들이 줄을 이었다. 리버풀은 급격히 쇠퇴했고 항구는 적막했고 거리는 텅텅 비었고 범죄가 그치지 않았다. 1981년엔 인종차별에 항의하는 폭동마저 일어났다. 스카우서라든지 쥐나 먹는 것들이란 표현은 바로 이 시기 몰락한 리버풀의 참상을 빗댄 것이다.

그러나 리버풀은 꺾이지 않았다. 도시를 '재창조'하며 부활했다. 재창조 프로젝트인 도시재생사업은 무려 30년에 걸쳐 이루어졌다. 낡아버린 채 방치된 항만시설을 문화예술 시설로 재탄생시켰다. 한때 세계 최고의 도심 항구였던 알버트 독(Albert Dock)은 '테이트미술관 리버풀'로 변신했다. 테이트는 영국을 대표하는 현대미술관으로 런던과 리버풀 등 4곳에 있다. 시와 시민들은 놀라운 팀워크를 발휘해 이 미술관을 유치하는데 성공했다.

또한 <머지사이드 해양박물관>과 비틀즈 박물관인 <비틀즈 스토리> 그리고 세계 최초의 <국제노예박물관>이 알버트 독에 문을 열었다. 리버풀의 역사와 전통을 브랜드화한 알차고 신박한 문화 프로젝트가 성공적으로 안착한 것이다. 버려진 항구였던 알버트 독이 문화와 예술의 요람으로 거듭나며 영국이 환호했다.

인천 역시 내항에 버려졌던 사일로(대형 곡물저장고)를 새롭게 탈바꿈시켰다. 칙칙했던 외장은 근사한 벽화로 새단장했다. 이곳에선 이미 이미 BTS와 뉴진스의 뮤직비디오 촬영이 이뤄졌고, 2023년에는 1883인천맥강파티,

인천 내항 사일로 벽화

WMI세계수학경시대회 등이 열려 6천 명이 넘는 관광객이 몰려들었다. 또 중국 기업단체와 업무협약을 체결하여 2026년까지 이곳에 4만 명의 단체관광객을 유치할 수 있게 됐다.

리버풀이 그랬듯 상상플랫폼과 1.8부두 항만재개발사업 등 원도심 재창조 프로젝트는 인천이 문화와 관광, 산업이 어우러지는 새로운 도시로 거듭나는 마중물이 될 것이다.

유럽연합은 2008년 리버풀을 유럽의 문화 수도로 지정했다. 인천도 얼마든지 대한민국의 문화 수도 더 나아가 아시아의 문화 수도가 될 수 있다. 제물포 르네상스는 그 출발점이다.

제물포 르네상스는 일찌감치 예산을 확정해 단계적으로 투입하며 구체적인 실행전략을 이어가고 있다. 혹자는 제물포 르네상스의 구체적인 그림이 불충분하다고 하지만, 이것은 단순히 건물을 지어 올리는 건설 공사 프로젝트가 아니다. 문화와 관광. 산업과 교통, 주거와 교육이 다 함께 어우러지는 시민을 위한 복합적인 혁신 프로젝트다. 리버풀과 보스턴처럼 말이다. 나무를 볼 게 아니라 숲을 봐야 하고 산을 상상해야 하는 일이다.

상상플랫폼과 1.8부두 항만재개발사업은 이미 성과를 내고 있다. 화수부두 일대는 국토부 도시재생혁신지구 지정을 추진 중이고, 원도심 스마트시티 조성, 미래첨단산업 유치 등 벌써 다양한 분야에서 저만치 달려가고 있다. 시민들의 호응과 참여 또한 상당히 높다. 2022년 10월 실시한 '제물포 르네상스 프로젝트에 대한 시민인식 조사'에서 응답자의 78.5%가 필요성에 공감했다.

　스마트시티 인프라는 착착 진행되고 있다. 중요한 건 소프트웨어 즉 콘텐츠다. 리버풀도 보스턴도 콘텐츠로 도시를 일으켰다. 콘텐츠는 시와 시민이 함께 채워야 한다. 시민이 빠지는 콘텐츠는 사상누각일 뿐이다. 시민들의 브레인스토밍이 부르는 시너지가 도시의 생명수가 될 것이다. 무엇보다 청년세대의 적극적이고 능동적인 참여와 이를 유인할 대책이 필요하다.

　인천은 국내도시들과 경쟁하지 않는다. 국내도시와는 협력하고 다함께 성장하고 발전하려고 한다. 인천은 단지 앞장서 나갈 뿐이다. 세계는 갈수록 복잡해지고 위기가 반복되고 있다. 각 지역이 블록화되며 경쟁과 대립도 심화되고 있다. 펜데믹은 이를 더욱 부추겼다. 반면 늘 그렇듯이 위기는 기회다. 준비된 도시한테는 더할 수 없는 기회다.

인천은 준비됐다고 자신할 수 있다. 지방정부시대, 이제는 지방이 중심이 되어 국가를 이끌어가야 한다. 지방화와 세계화를 동시에 이루는 전략이 필요한 때다. 인천은 선두에 설만한 자격이 충분하다고 생각한다. 인천이 잘 되면 대한민국이 잘 된다. 그 믿음 하나로 나는 지금 새로운 일에 도전하는 것이다.

인천은
준비된 도시다.

  10년 연속 공항서비스평가(ASQ) 1위에 선정된 인천국제공항과 항만 인프라, 국제 업무단지를 중심으로 대한민국 최대의 경제자유구역(IFEZ)이 존재한다. 물류, 의료, 교육, 첨단산업 등 모든 것을 누릴 수 있는 곳이다. 100만 명 이상 되는 세계도시 147개가 인천으로부터 3시간 이내 거리에 있다. 총 2700만 명 규모의 시장이다. 그야말로 아시아 비즈니스 허브 도시로 손색이 없다.

  뉴홍콩시티 프로젝트는 경쟁력을 더욱 강화시킬 것이다. 뉴홍콩시티프로젝트는 송도, 청라, 영종 등 경제자유구역을 비롯해 강화군과 옹진군, 내항을 거점으로 인천 전역을 연계해 첨단 미래산업, 그린산업, 물류, 관광, 금융 등 다양한 분야의 미래 전략을 수립한다는 야심찬 계획이다. 이는 대한민국 경제에 신성장동력으로 작동할 것이다.

인천은 이제 산업의 발달로 삶의 질이 향상되는 첨단 혁신도시, 글로벌 스탠더드와 다양성, 개방성을 갖춘 국제자유도시, 그리고 세계와 경쟁하고 대한민국에 기여하는 성장 거점도시의 위상을 갖게 될 것이다.

이미 인천은 반도체산업의 후공정(패키징·검사) 분야에서 세계 2, 3위를 달리는 앰코테크놀로지코리아와 스태츠칩팩코리아가 있다. 인천지역의 수출 품목 1위는 반도

체 부품과 장비다.(한국경제 23.2.23) 세계 1위 바이오산업의 거점 도시이기도 하다. 바이오산업은 초기 태동기부터 함께 해 온 인천의 대표산업이다. 꾸준히 정부 대규모 사업을 유치해 오면서 세계 최상위급 경쟁력을 갖추게 됐다.

더구나 '세계보건기구(WHO)가 글로벌 바이오 인력양성 허브로 대한민국을 선정함에 따라, 시는 세계를 선도하는 인천의 바이오산업이 위상을 더 높일 수 있도록 정책적으로 뒷받침하겠다고 밝혔다'(경기신문 22.8.10)

생산뿐만 아니라 모든 바이오 산학이 연결되는 바이오 생태계 클러스터를 구축할 계획이다. 이를 통해 인천은 미래 성장동력을 이끄는 선도 도시가 될 것이다.

1883년부터 인천은 상전벽해의 역사를 써왔다. 그리고 이제 천지개벽과 맞먹는 야심찬 길에 들어선 것이다.

서부수도권
연합 구축

서부수도권 연합구축은 지방화와 세계화를 동시에 이루기 위한 전략의 하나다. 인천과 경기도 부천, 김포, 시흥, 안산 등 인접도시를 엮어 거대경제벨트를 형성한다는 것이다. 이들 지역과 경제사회적으로 연대해 도시경쟁력을 높이고 지방시대를 선도하겠다는 구상이다.

이 도시들이 연합해 시너지를 일으킨다면 서해 일대는 일약 경제와 문화예술은 물론 여러 분야에서 세계적인 지역이 될 것이다. 아직 갈 길은 멀지만 충분히 가능성 있는 프로젝트이다.

인천의 발전과 비전을 위해 세계 각 국의 여러 도시를 조사하고 연구했다. 지금은 인천보다 앞선 도시들이 많지만 언젠가는 'only 인천'이 되는 날이 올 것이다. 그날을 생각하는 건 너무도 즐거운 일이다. 단언컨대 젊은 시절 대학을 다녔던 인천으로 다시 돌아온 건 내 인생의 행운이다.

함께
즐기는
보물섬 찾기

: 다채로운 문화와
새로운 경험이
넘치는 도시

인천엔 근대화를 이룬
수많은 문화유산과
개방성, 다양성, 이국적이고
이색적인 곳이 많다.
산업화와 민주화에 따른
유산도 많다.
첨단 도시를 지향하는 만큼
이에 따른 시설도 많다.
다시 말하지만 인천은 볼거리,
즐길거리, 먹을거리가
넘치는 곳이다.
섬은 그것을 널리 알릴
촉매 역할을 할 것이고
궁극적으로 인천이란 도시는
상상 그 이상의
여행지로 변모할 것이다.

'인천하면 떠오르는 이미지는?'

저마다 다르겠지만 관광이나 여행을 떠올리는 사람은 많지 않을 거 같다. 인천은 바다도 있고 섬도 있고 산도 있다. 소래포구라든지 월미도도 있다. 차이나타운 같은 이색지대도 있고 개항장 같은 문화유산도 많다. 신포시장, 중앙시장 같은 오래된 시장도 있고 SSG랜더스필드 야구장과 인천축구전용경기장도 있다. 밴댕이, 쫄면 같은 인천만의 음식도 있다. 한마디로 볼거리, 즐길 거리, 먹을거리가 넘치는 도시다. 실제 사람들도 많이 찾는다. 그런데 관광이나 여행이미지는 없다. 왜 그럴까?

인천시는 2021년 서울과 경기도를 중심으로 전국민 대상 <인천 관광실태조사>를 했다. 그 결과 향후 1년 이내에 국내여행을 갈 경우, 선호하는 여행지로 1순위는 제주(68.9%)였고, 강원(48.0%), 부산(43.7%)이 뒤를 이었다. 인천은 1.2%에 그쳤다. 사실 제주, 강원, 부산은 누구라도 먼저 관광지로 여행지로 꼽을 만한 지역들이다. 그렇다 하더라도 인천은 다른 지역에 턱없이 못 미친다.

관광도시 인천의
도시브랜드

인천상륙작전만으로 인천이 설명되지 않듯이 인천은 대한민국의 그 어느 도시보다 다채롭다. 다만 항만, 공항, 공단 등에 가려져 관광지나 여행지로서 이미지가 드러나지 않을 뿐이다. 이제 그 장막을 거두어 인천의 관광 본색과 여행 본색을 드러낼 때다.

요즘 사람들은 강릉하면 경포대보다 오죽헌보다 커피를 먼저 떠올린다. 강릉 안목항은 오래전부터 연인들이 즐겨 찾던 곳으로 처음엔 이곳 커피자판기가 절대적 인기를 누렸다. 바다를 보고 연인과 마시는데 커피종류는 중요하지 않았다. 바다와 커피는 숱한 이야기를 남겼다. 이를 눈여겨본 몇몇 바리스타들이 카페를 차렸고 이를 시작으로 강릉은 순식간에 커피의 성지가 됐다. 강릉시의 노력과 지원이 이를 뒷받침했다.

작은 스토리가 도시의 이미지를 창조한 것이다. 관광지와 여행지는 곧 이미지다. 스토리텔링은 이미지를 강렬하게 전달하는 무기다.

인천은 섬의 도시다. 인천 앞바다엔 섬이 참 많다. 무려 168개다. 유인도가 32개, 무인도가 136개. 당장 꼽으라 해도 백령도, 연평도, 대청도를 시작으로 강화도, 덕적도, 장봉도, 무의도, 자월도, 영흥도 등등 줄줄이 나온다.

인천 대이작도 (인천시 제공)

인천 승봉도 (인천시 제공)

작은 스토리가 도시의 이미지를 창조한 것이다. 관광지와 여행지는 곧 이미지다. 스토리텔링은 이미지를 강렬하게 전달하는 무기다.

섬은 육지와 다르다. 신기하기도 하고 신비롭기도 하다. 절로 마음을 놓고 긴장이 풀어지는 곳이다. 누구든 작정하고 감상에 빠지기도 하고 한없이 낭만에 취하기도 한다. 그러니 섬만큼 스토리가 쌓이는 곳이 또 어디 있을까?

누구라도 섬에 들어가면 이야기 하나씩 품고 나올 것이다. 펜데믹을 거치면서 대세가 캠핑과 백패킹이다. 섬은 천혜의 조건을 갖추고 있다. 새로운 섬을 찾아 나서는 섬 순례 또한 흥미로울 것이다.

인천은 섬을 적극적으로 홍보하고 있다. 인천하면 섬이 떠오르게 말이다. 섬은 관광지 인천, 여행지 인천의 이미지를 구축하게 될 것이다. 그리고 그 이미지는 점차로 인천 전체로 번져나갈 것이다. 이제 곧 '인천으로 여행 가자'라는 말을 자주 듣고 이야기할 것이다.

인천의 보물섬
도도(島島)하게 살아보기

　인천시는 2021년부터 '섬 전용 체류형 관광상품'을 내놓아 좋은 호응을 얻고 있다. 지난해는 600명이 참가해 소이작도, 덕적도, 볼음도, 장봉도, 신시모도, 백령도와 대청도, 자월도 등을 방문했고, 만족도 5점 만점에 평균 4.45점의 높은 점수를 받았다. 올해는 참가자 수를 2,000명으로 늘렸다. 인천시는 최대 40%까지 프로그램 참가비를 지원해 부담 없이 인천의 섬 자원을 즐길 수 있도록 했다.

　프로그램도 다채롭다. 올해부터는 은하수를 보며 전문가가 설명해주는 '은하수 체험', 섬 주민 가이드를 통해 듣는 '섬마을 투어'와 '다듬이질 체험', 마을 이장님과 함께 싱싱한 회를 즐기는 '배낚시 체험', 맑은 섬 바다를 볼 수 있는 '투명 카약과 패들 보트', 섬의 풍경을 즐기는 '자전거 체험', '갯벌 체험', '상합 캐기' 등을 즐길 수 있다.

참가자는 워케이션(workation)과 살아보기 중 하나를 선택할 수 있는데 인천의 어제와 오늘을 경험하며 머물 수 있는 '인천 OLD&NEW', 어촌마을을 체험할 수 있는 '인천 더휴일 워케이션', 강화도에 머무르며 강화의 가치와 라이프 스타일을 경험하는 '강화 유니버스 잠시섬' 등 3개 상품이 있다. 수도권과 가까우면서도 특별하게 섬을 체험할 수 있다는 점에서 앞으로 인천을 대표하는 관광자원이 될 것이다.

이제 관광 또는 여행은 그저 왔다가 가는 것으로 끝나는 게 아니다. 늘 생각나게 하고 기회가 될 때마다 또 오고 싶게 만들어야 한다. 관광객과 주민이 따로 놀지 않고 함께 어울릴 수 있는 프로그램을 지속적으로 개발해야 한다. 관광 또는 여행을 하러 와서 함께 살아보기도 하면서 서로를 이해하고 공감하다 보면 그곳에서 공존하고 그곳을 보존하려는 마음도 통할 것이다. 이것이 내가 생각하는 관광의 목적, 여행의 목적이다.

'인천의 보물섬 도도하게 살아보기'가 창출하는 수익은

모두 섬 주민들의 소득으로 돌아간다. 참가자들이 주민이 운영하는 숙소와 음식점을 이용하도록 구성되어 있기 때문이다. 섬에서 체험하는 프로그램 역시 주민들이 운영하는 방식으로 진행된다. 참가자와 주민들이 서로 연결되고 직접 소통하도록 짜여진 것이다. 주민은 소득을 늘리고 참가자는 만족도를 높이니 말 그대로 윈윈이다.

인천은 여행객과 주민이 함께 콘텐츠도 생산하고 콘텐츠를 소비하는 독창적인 관광도시를 꿈꾼다. 그렇게 인천은 또 다른 모습으로 발굴되고 창조될 것이다. 인천의 섬들은 하나하나 다 보물섬이다.

이제 인천은 시민이 곧 컨텐츠 생산자이면서 컨텐츠 소비자가 되는 문화 도시를 꿈꾼다. 원래 있던 섬의 역사, 새롭게 발굴하는 지금의 모습, 그리고 앞으로 달라질 미래를 꿈꾸며 168개의 보물섬과 함께 인천도 다시 꿈꾼다.

보물섬 같은
인천의 문화유산들

인천엔 근대화를 이룬 수많은 문화유산과 개방성, 다양성이 이룬 이국적이고 이색적인 곳이 많다. 산업화와 민주화에 따른 유산도 수두룩하다. 첨단 도시를 지향하는 만큼 이에 따른 시설도 많다. 다시 말하지만 인천은 볼거리, 즐길거리, 먹을거리가 넘치는 곳이다. 섬은 그것을 널리 알릴 촉매 역할을 할 것이고 궁극적으로 인천이란 도시는 상상 그 이상의 관광과 여행지로 변모할 것이다.

아울러 인천은 해외 관광유치에도 적극적으로 나서고 있다. 말 그대로 찾아오게 하는 관광이다. 인천시는 2023

년 5월 18일부터 24일까지 태국과 베트남에서 인천관광 단독 로드쇼를 개최했다

태국 방콕과 베트남 호치민에서 처음으로 개최된 인천 관광 단독 로드쇼에서는 1883 인천맥강파티, 인천펜타포 트락페스티벌, INK콘서트 등 인천 대표축제 비롯해 관 광, 마이스, 의료 등 인천의 우수한 문화자원과 관광 여건 을 홍보했다.

로드쇼를 통해 21개의 인천관광기업과 60여 개의 현지 바이어가 300여 건이 넘는 상담 실적을 기록했으며, 이 밖에도 2천여 명의 시민을 대상으로 한류 콘텐츠를 활용 한 포토존·K-POP 공연 등 홍보 이벤트를 진행해 잠재 관광수요로부터 높은 호응을 얻었다. (뉴스아이이에스)

궁극적으로는 인천을 국제적인 허브 관광도시로 만드 는 게 목적이다. 유정복 시장도 직접 '곧 1억 넘는 여객을 수용할 수 있는 세계 최고의 인천국제공항의 환승객을 대상으로 관광 활성화 전략을 수립하고 있다'고 밝힌 바 있다. 이는 4000여명의 지역 일자리와 총 6조원 이상의 투자로 인천의 새로운 경제 동력을 창출하게 될 것이다.

인천의 미래, 자부심을 더하다

: 인천의 꿈, 대한민국의 미래

인천은 꿈의 도시다.
나는 그 꿈을 온몸으로 느꼈다.
인천의 꿈은 나를 불렀고
열정을 끌어냈으며 헌신과 봉사의
마음가짐을 갖게 했다.
인천의 꿈은 인천 시민의 꿈이다.
인천 시민의 꿈이 모이고 모여
인천의 꿈이 되는 것이다.
그리고 인천의 꿈은
대한민국의 미래다.
이제 나의 젊음을 바친 인천에
나의 생각과 삶과 경험을
쏟아부을 시간이다.
나는 인천 시민과 인천을 섬기고
인천 시민의 꿈,
인천의 꿈을 꽃피우는 일에
내 모든 것을 바치려고 한다.

'인천의 꿈이 곧 대한민국의 미래다.'

지금 나의 생각, 나의 포부는 이 한마디에 응축돼 있다. 약관의 나이에 인천에 입성해서 질풍노도의 시대를 보내고 먼 길을 돌아 이순의 나이에 다시 인천에 돌아왔다. 짧다면 짧은 시간이었지만 그렇기에 더 부지런하고 성실하게 인천을 누볐다. 많은 곳을 다녔고 많은 사람을 만났다. 인천을 다시 알게 되는 과정이었고 새로운 것을 발견하는 기쁨도 누렸다.

인천은 꿈의 도시다. 나는 그 꿈을 온몸으로 느꼈다. 인천의 꿈은 나를 불렀고 열정을 끌어냈으며 헌신과 봉사의 마음가짐을 갖게 했다.

인천의 꿈은 인천 시민의 꿈이다. 인천 시민의 꿈이 모이고 모여 인천의 꿈이 되는 것이다. 그리고 인천의 꿈은 대한민국의 미래다. 이제 나의 젊음을 바친 인천에 나의 생각과 삶과 경험을 쏟아 부을 시간이다. 나는 인천 시민과 인천을 섬기고 인천 시민의 꿈, 인천의 꿈을 꽃피우는 일에 내 모든 것을 바치려고 한다.

꿈의
선순환

어느 날 인천광역시 대변인으로 일할 기회가 주어졌다. 영광스러운 일이다. 어쩌면 운명일지도 모른다. 나는 30년 넘게 기자생활을 하면서 항상 똑바로 보고 경청하는 자세를 지켜왔다고 자부한다. 대변인은 그런 자세와 자질이 필요한 자리다. 잘 보고 잘 들어야 정확하고 명료하게 전달할 수 있다.

대변인을 하는 동안 늘 되새기던 말 하나가 있다.

'알려지지 않은 정책은 없는 정책이나 다름없다'

어떤 정책이든 일단 알려져야 한다. 알려지지 않으면 누가 알겠는가? 알려져야 관심을 끌 수 있고 지지를 받을 수 있다. 시민들의 관심과 지지가 있을 때 정책은 빛나고 세상의 일부가 된다. 대변인은 공들여 만든 정책을 시민들에게 알리는 자리다. 제대로 알리지 않으면 괜한 오해를 부르거나 혼선을 빚는다. 얼마나 큰 낭비이고 손해인가.

대변인이 그 정책을 잘 알아야 잘 알릴 수 있다. 나는 대변인을 하면서 인천을 폭넓고 속 깊게 알게 됐다. 인천 시민의 꿈, 인천의 꿈의 실체를 온전히 느낄 수 있었다. 더할 수 없는 값진 경험이었다.

인천 시민의 꿈을 모아 정책으로 담아낸다. → 그 정책

을 다시 시민에게 알려준다. → 시민들이 또 다른 꿈을 꾸고 또 다른 정책으로 이어진다.

그야말로 선순환 구조다. 하루하루 삶과 일상이 달라지고 미래의 지형을 개척하는 일이다. 신바람 나고 의욕이 넘칠 수밖에 없었다.

그 일에 최선을 다했다. 이제는 그 일을 다른 쪽에서 해내고 싶다. 더구나 좋은 지도자를 만나서 한 단계 더 성숙해졌고 더 큰 의지를 가질 수 있었다. 자신감도 충만하다.

'인간은 정치적 동물이다.'

아리스토텔레스의 이 말은 불멸의 명제다. 우리는 정치를 떠나서 살 수 없다. 우리의 일상 하나하나가 다 정치다. 편의점에서 물건을 사더라도 운전을 하더라도 둘레길을 걷더라도 정치는 빠지지 않는다. 물건값을 결정하는 것도 운전면허를 주는 것도 둘레길을 닦는 것도 다 정치다. 정치인이 법률을 제정하고 정책을 실행해야 세상이 굴러가는 법이다. 한마디로 만사가 정치다. 인간은 정치적 동물일 수밖에 없는 것이다.

더 나은
내일을 위한 선택

우리는 수시로 정치에 짜증을 내고 정치인을 욕하고 정치는 쓸모없다 말하면서도 막상 선거 때가 되면 누군가를 지지하고 투표를 한다. 정치는 권리나 다름없다. 정치를 혐오하고 정치에 무관심하게 살고 싶다는 건 권리를 포기하겠다는 것이다. 자신의 존엄을 무너뜨리는 일이다. 정치에 관심을 갖고 좋은 정치, 더 나은 정치를 선택할 때 자신의 권리와 존엄을 지킬 수 있다.

좋은 정치, 더 나은 정치란 두 눈 똑바로 뜨고 사람들의 사는 모습을 들여다보는 일이고, 두 귀를 활짝 열어 사

람들의 말을 경청하여 법률로 제정하고 정책에 반영하는 것이다. 그래서 사람들의 꿈과 희망을 현실화시키는 일이다. 내가 가장 잘하고 좋아하는 일이다. 나는 인천에서 그 일을 하려고 한다. 올바른 정치, 진짜로 쓸모 있는 정치를 하려고 한다.

오늘보다 나은 내일, 자녀들이 행복한 인천, 잘사는 나라를 이루어 내는 건 올바른 정치뿐이다. 혼신의 힘을 기울여 주어진 역할을 다할 것이다.

좋은 정치, 더 나은 정치란 두 눈 똑바로 뜨고 사람들의 사는 모습을 들여다보는 일이고 두 귀를 활짝 열어 사람들의 말을 경청하여 법률로 제정하고 정책에 반영하는 것이다. 그래서 사람들의 꿈과 희망을 현실화시키는 일이라고 생각한다. 내가 가장 잘하고 좋아하는 일이다. 나는 인천에서 그 일을 하려고 한다. 올바른 정치, 진짜로 쓸모 있는 정치를 하려고 한다.

인천의 꿈을 이루기 위한 한 가지 조건

대한민국 초창기, 인천은 대한민국 산업화의 심장이고 경제발전의 폐와 같았다. 인천에서 숨을 불어넣고, 피를 보내주었다. 이제 한 시대가 이제 저물어가고 산업화를 넘어선 새로운 시대를 맞이하고 있다.

제물포르네상스를 통한 원도심 활성화와 균형발전.

대한민국 제2의 도시로서 100조 경제 시대를 여는 것.

공감복지 2.0, 스마트시스템, 그리고 협력적 거버넌스를 통한 촘촘한 사회적 안전망 구축.

문화, 주거, 산업이 어우러지는 도시.

APEC 정상회의 유치를 통한 세계 10대 도시로 도약.

이 꿈을 위해서는 좋은 정치가 필요하다. 정치가 바로
서야 한다. 좋은 정치, 올바른 정치는 대안을 제시하고 미
래를 생각해야 한다.

정치인에게 옳고 그름을 판단할 수 있는 비판적 사고
는 필요하다. 그래야 삶과 일상속에서 시민들에게 무엇
이 필요한지, 또 무엇을 개선해야 하는지를 찾아낼 수 있
다. 그런데 우리 정치는 건전한 비판이 아닌 비난과 상대
에게 책임을 전가하는데 익숙하다. 잘못된 것을 바로잡
고 고치기 위해선 지식과 경륜이 필요하다. 대안을 만들
어 가야 한다. 정치가 시민들의 행복한 미래를 위한 정책
으로 연결돼야 한다. 그런 정치가 시민들의 지지를 받고
선택을 받는다.

비난보다 대안

내가 기자로 참여했단 <카메라 출동>은 인기가 좋았
다. 시청률도 높았다. <카메라 출동>이 시청자들에게 카
타르시스를 준 것 같다. 사실 고발프로그램은 선악이 분
명하다. 나쁜 사람과 선한 사람들이 있고, 나쁜 짓과 피해
자가 있다. 방송은 그것을 낱낱이 고발하고 법은 나쁜 사

람을 단죄한다. 단순명쾌하고 권선징악이 실현되니 고단한 세상에 잠시라도 그래도 살만한 세상이라는 만족감을 줄만 했다.

그러나 방송으로 고발한다고 모든 것이 해결되지 않는다. 일시적으로 개선이 되거나 바뀔 수는 있겠지만 진정한 해결이 아닌 봉합에 그칠 뿐이다. 희망고문이나 다름없다. 나는 <카메라 출동>은 물론이고 기자 생활 내내 언론은 고발 이상으로 대안도 제시해야 한다고 생각했다. 어떻게든 대안을 찾으려고 노력했다. 언론은 공적 도구이자 사회의 이기(利器)다. 사람들의 실생활에 차지하는 비중도 적지 않다. 당연히 대안의 창구이어야 한다.

언론에 종사하는 사람들도 저마다 정치적 성향이 있고 지지하는 정당이 있다. 그렇지만 사회를 감시하고 고발하는 언론은 정치적으로 중립을 지켜야 한다. 자신의 정치적 견해나 자신의 생각보다 균형 잡힌 사고와 불편부당한 눈으로 사회를 바라봐야 한다. 그리고 무엇보다 사회에 대해 애정을 가져야 한다. 애정이 없으면 거칠고 날선 비판만 있을 뿐 해결도 대안도 아니다. 애정 가득 담은 시선이 비판의 질을 높이고 올바른 여론을 형성하게 하고 대안으로 이어진다. 이것이 나의 생각이다.

한때 나는 기자가 되든 정치를 하든 사회의 공기 같은 역할을 하는 게 꿈이었다. 비록 아주 미미한 농도에 불과하더라도 혼탁한 사회에 영향을 줄 수 있다고 생각했다. 미미한 농도들이 모이고 모이면 언젠가는 맑아질 것으로 생각했지만 아니었다. 사회는 사람들이 힘을 합쳐 대안을 만들어나갈 때 변하고 발전한다는 것을 깨달았다.

무엇보다 위기관리능력

인천의 역사는 위기의 역사였다. 숱한 위기가 인천에 휘몰아쳤다. 그렇지만 인천은 그때마다 위기를 기회로 바꾸는 저력을 발휘했다. 인천은 위기를 위기로 인지했기 때문에 극복해낼 수 있었다. 위기가 닥쳤는데도 그것을 모르고 '위기는 무슨 위기?' 하게 되면 위기는 눈덩이 불어나듯 커지게 마련이다. 나는 기자생활 30년 동안 위기의 현장을 많이도 다녔다. 그래서 누구보다 빠르게 위기를 느낀다.

그때마다 나는 스스로 위기를 알리는 알람이 되려고

했다. 그것이 기자의 또 다른 역할이라고 생각했다. 정치도 마찬가지다. 국가와 사회를 책임지려면 위기를 감지하고 다룰 줄 알아야 한다. 정치인이 국가와 사회에 봉사할 때 국민은 행복해진다. 나는 그런 자세로 기자생활과 인천시청 대변인을 했고, 앞으로도 그렇게 할 것이다.

인천의 기회의 땅이고 선순환의 땅이다. 140년 전 개항기부터 인천은 개방성과 다양성과 창의성의 도시였다. 인천은 조선의 개화를 이끌었고 하루가 멀다하고 새로운 문물을 받아들였다. 지속적으로 새로운 일자리가 생겨났고 전국에서 해외에서 사람들이 몰려들었다. 해외로 나가기도 했다. 최초의 이민자들이 눈물을 뿌리며 인천항을 떠났다. 훗날 이민자들은 성금을 보내 인하대를 만들었다.

한 세기가 넘게 인천은 많은 사람을 내보냈고 많은 사람이 들어왔다. 인하대를 다닌 나는 다시 돌아와 인천사람으로 뿌리내리고 있다. 인천은 그렇게 커지고 발전해왔다. 누구도 가리지 않았고 무엇도 배척하지 않았다. 인천의 힘이다.

인천의 힘이 대한민국을 바꾼다

인천의 힘은 인천의 꿈으로 이어지고 대한민국의 미래

로 나아간다. 누구라도 동참할 수 있고 동참하게 해야 한다. 개방성과 다양성과 창의성은 인재를 부른다. 인재를 쓸 때 내 편이니 네 편이니 가리는 건 구태하다. 그것은 사회를 퇴행시킨다. 그동안 대한민국은 정권이 바뀔 때마다 편 가르기 하고 제 식구 챙기다가 추진하던 일이 중단되거나 아예 사라지는 경우가 많았다. 그 일이 얼마나 중요한 건지, 시급한 건지는 개의치도 않고 말이다.

인천도 그랬다. 중구 동구 원도심을 개발하는 정책은 이미 20년 전부터 나왔다. 그러나 지방정부가 이 당에서 저 당으로, 저 당에서 이 당으로 바뀌는 과정에서 생겼다가 엎어졌다를 반복했다. 지금 민선 8기 인천시 정부에서 추진하는 제물포 르네상스가 인천의 발전에 반드시 필요한 정책이라는 건 너나 할 거 없이 다 알고 있다. 과거 인천시 정부에서도 필요성을 인지하면서도 이런 저런 이유로 추진하지 못했을 뿐이다. 그런 과정에서 피해는 고스란히 인천과 인천시민에게 돌아갔다. 이젠 없어져야 할 나쁜 관행이다. 알면서도 못 지키는 건 문제다. 언제까지 정파적으로 갈라져 살 것인가.

인천 시민들에게 한 가지 제안하고 싶은 게 있다.

"중앙정부든 지방정부든 사회적 협의체 같은 게 있으면 좋겠다. 제물포 르네상스처럼 반드시 필요한 데 장기

간에 걸쳐 진행해야 하는 정책이나 사업은 연속성을 가질 수 있게 사회적 협의체가 지지를 하고 의결을 하는 것이다. 함부로 중단하거나 없앨 수 없게 해야 한다. 사회적 협의체는 여야는 물론이고 시민들이 신망하는 인사들로 구성하면 된다. 사실 시급한 민생 현안들 중에 정치적 견해라든지 이해관계로 지지부진한 채 방치된 것들이 적지 않아 안타깝다. 사회적 협의체는 시민들을 토론과 대화의 장으로 불러 들여 정책개발에 참여시키는 일이기도 하다."

언제부터인가 우리 사회는 토론과 대화가 실종되고 비난과 욕설이 난무한다. 사실과 진실은 왜곡되고 가짜뉴스가 판치는 사회가 되었다. 정치가 제대로 작동하지 않아서 그렇다. 민생 속으로 들어가지도 않고 민생의 꿈을 보지도 않는 정치인들…….

나는 인천에서 정치의 복원을 꿈꾼다. 인천은 그런 곳이다. 누구한테나 열려있고 누구한테나 가능성이 있는 곳이다. 나는 인천의 미래를 꿈꾼다. 인천에서는 모든 것이 가능하다.